Benito Pérez Galdós

Episodios nacionales I
Bailén

Barcelona **2024**
Linkgua-ediciones.com

Créditos

Título original: Episodios nacionales I. Bailén.

© 2024, Red ediciones S.L.

e-mail: info@linkgua-ediciones.com

Diseño de cubierta: Michel Mallard.

ISBN tapa dura: 978-84-1126-420-4.
ISBN rústica: 978-84-9007-276-9.
ISBN ebook: 978-84-9007-238-7.

Sumario

Brevísima presentación

La obra

Bailén es la cuarta novela de la primera serie de los *Episodios Nacionales* de Benito Pérez Galdós.

El protagonista, Gabriel, sale del Madrid posterior al 2 de mayo de 1808 con dirección a Andalucía, concretamente Córdoba, donde han llevado a su amada Inés. Gabriel descubre que Inés, forzada a un matrimonio de conveniencia, quiere profesar en un convento de clausura.

Durante el camino se detiene en Bailén, en casa de una familia noble que está preparando a su único hijo varón para unirse al ejército de Castaños en la lucha contra los invasores franceses.

A raíz de ello, Gabriel participará en la Batalla de Bailén, donde se enfrentan los ejércitos español y francés. Galdós se sirve del argumento para relatar con gran exactitud el desarrollo de la batalla, que concluye con una victoria para los españoles.

I

—Me hacen ustedes reír con su sencilla ignorancia respecto al hombre más grande y más poderoso que ha existido en el mundo. ¡Si sabré yo quién es Napoleón!, yo que le he visto, que le he hablado, que le he servido, que tengo aquí en el brazo derecho la señal de las herraduras de su caballo, cuando... Fue en la batalla de Austerlitz: él subía a todo escape la loma de Pratzen, después de haber mandado destruir a cañonazos el hielo de los pantanos donde perecieron ahogados más de cuatro mil rusos. Yo que estaba en el 17 de línea, de la división de Vandamme, yacía en tierra gravemente herido en la cabeza. De veras creí que había llegado mi última hora. Pues como digo, al pasar él con todo su estado mayor y la infantería de la guardia, las patas de su caballo me magullaron el brazo en tales términos que todavía me duele. Sin embargo, tan grande era nuestro entusiasmo en aquel célebre día que incorporándome como pude, grité: «¡Viva el Emperador!»

Decía estas palabras un hombre para mí desconocido, como de cuarenta años, no malcarado, antes bien con rasgos y expresión de cierta hermosura ajada aunque no destruida por la fatiga o los vicios; alto de cuerpo, de mirada viva y sonrisa entre melancólica y truhanesca, como la de persona muy corrida en las cosas del mundo y especialmente en las luchas de ese vivir al par holgazán y trabajoso, a que conducen juntamente la sobra de imaginación y la falta de dinero; persona de ademanes francos y desenvueltos, de hablar facilísimo, lo mismo en las bromas que en las veras; individuo cuya personalidad tenía acabado complemento en el desaliño casi elegante de su traje, más viejo que nuevo, y no menos descosido que roto, aunque todo esto se echaba poco de ver, gracias a la disimuladora aguja que había corregido así las rozaduras del chupetín como la ortografía de las medias.

Estas eran, si mal no recuerdo, negras, y el pantalón de color de clavo pasado. Llevaba corto el pelo, con dos mechoncitos sobre ambas sienes, sin polvo alguno, como no fuera el del camino: su casaca oscura y de un corte no muy usual entre nosotros, su chaleco ombliguero, forma un poco extranjera también, y su corbata informemente escarolada, le hacían pasar como nacido fuera de España aunque era español. Mas por otra circunstancia distinta de las singularidades de su vestir, causaba sorpresa la persona de quien me ocupo, y este es un capitalísimo punto que no debo pasar en silencio. Aquel hombre tenía bigote. Esto fue, ¿a qué negarlo?, lo que más que otra cosa alguna, llamó mi atención cuando le vi inclinado sobre la mesa, comiendo ávidamente en descomunal escudilla unas al modo de sopas, puches o no sé qué endemoniado manjar, mientras amenizaba la cena, contando entre cucharada y cucharada las proezas de Napoleón I. Dos personas, ambas de edad avanzada y de distinto sexo, componían su auditorio: el varón, que desde luego me pareció un viejo militar retirado del servicio, oía con fruncido ceño y taciturnamente los encomios del invasor de España; pero la señora anciana, más despabilada y locuaz que su consorte, contestaba e interrumpía al panegirista con cierto desenfado tan chistoso como impertinente.

—Por Dios, señor de Santorcaz —decía la vieja—, no grite usted ni hable tales cosas donde le puedan oír. Mi marido y yo, que ya le conocemos de antes, no nos espantamos de sus extravagancias; pero ¡ay!, la vecindad de esta casa es muy entrometida, muy enredadora, y toda ella no se ocupa más que de chismes y trampantojos. Como que ayer las niñas de la bordadora en fino, que vive en el cuarto n.º 8, llegaron pasito a pasito a nuestra puerta para oír lo que usted decía cuando nos contaba con desaforados gritos lo que pasó allá en las Asturias en la batalla de Pirrinclum, o no sé qué... pues esos enrevesados nombres no se han hecho para mi lengua... Esta mañana, cuando usted entró de la calle, la comadre del n.º 3 y la mujer del lañador, dijeron: «Ahí va el pícaro *flamasón* que está en casa del Gran Capitán. Apuesto a que es espía de la *canalla*, para ver lo que se dice en esta casa y contarlo a sus mercedes.» El mejor día nos van a dar que sentir, porque como dice usted esas cosas y tiene esos modos, y hace ascos de la comida cuando tiene azafrán, y siempre saca lo que ha visto en las tierras de allá, le traen entre ojos, y sabe Dios... Como aquí están tan rabiosos con lo del día 2...

—Ya se aplacarán los humos de esta buena gente —dijo Santorcaz, apartando de sí escudilla y cuchara—. Cuando se organicen bien los cuerpos de ejército y venga el Emperador en persona a dirigir la guerra, España no podrá menos de someterse, y esto que es la pura verdad lo digo aquí para entre los tres, de modo que no lo oigan nuestras camisas.

—España no se somete, no señor, no se somete —exclamó de improviso el anciano quebrantando el voto de su antes silenciosa prudencia, y levantándose de la silla para expresar con frases y gestos más desembarazados los sentimientos de su alma patriota—. España no se somete, señor don Luis de Santorcaz, porque aquí no somos como esos cobardes prusianos y austriacos de que usted nos habla. España echará a los franceses, aunque los manden todos los emperadores nacidos y por nacer, porque si Francia tiene a Napoleón, España tiene a Santiago, que es además de general un santo del cielo. ¿Cree usted que no entiendo de batallas? Pues sí: soy perro viejo, y callos tengo en los oídos de tanto escuchar el redoblar de los tambores y los tiros de cañón.

—No te sofoques, Santiago —dijo apaciblemente la anciana—, que ya andas en los tres duros y medio y aunque yo creo como tú que España no bajará la cabeza, no es cosa de que te dé el reuma en la cara por lo que hable este mala cabeza de Santorcaz.

—Pues lo digo y lo repito —añadió el viejo soldado—. Venir a hablarme a mí de cuerpos de ejército, y de brigadas de caballería y de cuadros...

—¿En qué batallas se ha encontrado usted? —preguntó con sonrisa burlona Santorcaz.

—¡Que en qué batallas me encontré! —exclamó don Santiago Fernández cuadrándose ante su interpelante y mirándole con el desprecio propio de los grandes genios al ver puesta en duda su superioridad—. ¿Pues no sabe todo el mundo que fui asistente del señor marqués de Sarriá el año 1762 cuando aquella famosa campaña de Portugal, que fue la más terrible y hábil y estratégica que ha habido en el mundo, así como también digo que después de Alejandro el Macedonio no ha nacido otro marqués de Sarriá?... ¡Qué cosas tiene este caballerito! ¡Preguntar en qué acciones me he encontrado! Aquella fue una gran campaña, sí señor; entramos en Portugal, y aunque al poco tiempo tuvimos que volvernos, porque el inglés se nos puso por delante, se dieron unas batallas... ¡qué batallitas, mi Dios! Yo era asistente del señor marqués, y todas las mañanas le hacía los rizos y le empolvaba la peluca, de tal modo que la cabeza de nuestro general parecía un Sol.

Él me decía: «Santiago, ten cuidado de que los rizos vayan parejos, y que uno de otro no discrepen ni el canto de un duro, porque no hay nada que aterre tanto al enemigo como la conveniencia y buen parecer de nuestras personas.» ¡Y cuánto le querían los soldados! Como que en toda aquella guerra apenas murieron tres o cuatro.

Santorcaz al oír esto se desternillaba de risa, haciendo subir de punto con sus irreverentes manifestaciones el enfado de don Santiago Fernández, el cual, dando una fuerte puñada en la mesa, continuó así:

—¿Qué valen todos los generales de hoy, ni los emperadores todos, comparados con el marqués de Sarriá? El marqués de Sarriá era partidario de la táctica prusiana, que consiste en estarse quieto esperando a que venga el enemigo muy desaforadamente, con lo cual este se cansa pronto y se le remata luego en un dos por tres. En la primera batalla que dimos con los aldeanos portugueses, todos echaron a correr en cuanto nos vieron, y el general mandó a la caballería que se apoderara de un hato de carneros, lo cual se verificó sin efusión de sangre.

—No, no ha habido en el mundo batallas como esas, señor don Santiago —dijo Santorcaz moderando su risa—; y si usted me las cuenta todas, confesaré que las que yo he visto son juegos de chicos. Y como desde aquella fecha ha conservado usted los hábitos de campaña, y gusta tanto de conversar sobre el tema de la guerra, los vecinos le llaman el Gran Capitán.

—Ese es un mote, y a mí no me gustan motes —dijo doña Gregoria, que así se llamaba la mujer del valiente expedicionario de Portugal—. Cuando nos mudamos aquí, y dieron los vecinos en llamarte Gran Capitán, bien te dije que alzaras la mano y regalaras un bofetón al primero que en tus propias barbas te dijera tal insolencia; pero tú con tu santa pachorra, en vez de llenarte de coraje se te caía la baba siempre que los chicos te saludaban con el apodo, y ahora Gran Capitán eres y Gran Capitán serás por los siglos de los siglos.

—Yo no me paro en pequeñeces —dijo don Santiago Fernández—, y aunque tolero un apodo honroso, no consiento que nadie se burle de mí. A fe, a fe, que cuando uno ha servido en las milicias del Rey por espacio de veinte años, cuando uno ha estado en la campaña de Portugal, cuando uno ha tenido también el honor de encontrarse en la expedición de Argel

14

que mandó el señor don Alejandro O'Reilly en 1774; cuando después de tan gloriosas jornadas se le han podrido a uno las nalgas sentado en la portería de la oficina del Detall y cuenta y razón del arma de artillería, viendo entrar y salir a los señores oficiales, y haciéndoles un recadito hoy y otro mañana, bien se puede alzar la cabeza y decir una palabra sobre cosas militares.

—Eso mismo digo yo —indicó doña Gregoria—. Bien saben todos que tú no eres ningún rana, y que has escupido en corro con guardias de Corps y walonas y generales de aquellos que había antes, tan valientes que solo con mirar al enemigo le hacían correr.

—Y no se trate —prosiguió el Gran Capitán— de embobarnos con cuentos de brujas como los que desembucha el señor de Santorcaz. A las niñas del lañador y a doña Melchora, la que borda en fino, les puede trastornar el seso este caballero contándoles esas batallas fabulosas de prusianos y rusos, con lo de que si el Emperador fue por aquí o vino por allí. Hombres como yo no se tragan bolas tan terribles, ni ha estado uno veinte años mordiendo el cartucho y peinando los rizos del señor marqués de Sarriá, para dar crédito a tales novelas de caballerías. Conque ¿cómo fue aquello? —añadió en tono de mofa y sentándose junto a Santorcaz—. Dijo usted que cuatro mil franceses atacaron a la bayoneta a diez mil rusos y los hicieron caer en un pantano donde se ahogaron la mitad. Pues ¡y lo de que rompieron el hielo a cañonazos para que se hundieran los enemigos que estaban encima!... ¡Bonito modo de hacer la guerra! Pero hombre de Dios, si andaban por sobre el hielo se resbalarían y... pobres nalgas del Emperador... digo, de los tres emperadores, pues ahí dice usted que eran tres nada menos. ¿Sabes, Gregoria, que es aprovechada la familia?

El Gran Capitán hizo reír a su digna esposa con estos chistes, hijos de su inexperta fatuidad, y ambos celebraron recíprocamente sus ocurrencias.

—Si es novela de caballerías lo que he contado —dijo Santorcaz—, pronto lo hemos de ver en España, porque pasan de cien mil los Esplandianes que andan desparramados por ahí esperando que su amo y señor les mande empezar la función.

—¡Los asesinos de Madrid! —exclamó el Gran Capitán inflamándose en patriótico ardor—. ¿Y cree usted que les tenemos miedo? ¡Santa María de la Cabeza! Ya veo que están fortificando el Retiro, y que no permiten que vuele una mosca alrededor de sus señorías; pero ya hablaremos. Esto es ahora, porque estamos sin tropa; pero ¿sabe usted lo que se va a formar en Andalucía?, un ejército. ¿Y en Valencia?, otro ejército. Y en Galicia y en Castilla, otro y otro ejército. ¿Cuántos españoles hay en España, señor de Santorcaz? Pues ponga usted en el tablero tantos soldados como hombres somos aquí, y veremos. ¿A que no sabe usted lo que me ha dicho hoy el portero de la secretaría de la Guerra? Pues me ha dicho que mi pueblo ha declarado la guerra a Napoleón. ¿Qué tal?

—¿Cuál es el pueblo de usted?

—Valdesogo de Abajo. Y no es cualquier cosa, pues bien se pueden juntar allí hasta cien hombres como castillos, no como esos rusos de alfeñique de que usted habla, sino tan fieros, que despacharán un regimiento francés como quien sorbe un huevo.

—Pues una mujer que ha venido hoy de la sierra —dijo doña Gregoria—, me ha contado que también mi pueblo va a declarar la guerra a ese ladrón de caminos, sí, señor de Santorcaz, mi pueblo, Navalagamella. Y allí no se andarán con juegos, sino al bulto derechitos. Si esos pueblos que usted nombra, las Austrias y las Prusias fueran como Navalagamella, la *canalla* no los hubiera vencido, y se conoce que todos los austriacos y prusiacos son gente de mucha facha y nada más.

—No se dice prusiacos, sino prusianos —indicó enfáticamente a su esposa el Gran Capitán.

—Bien, hombre; los rusos y los prusos, lo mismo da. Lo que digo es que si Valdesogo de Abajo y Navalagamella, que son dos pueblos como dos lentejas comparados con la grandeza de todo el Reino, se ponen en ese pie, los demás lugares y ciudades harán lo mismo, y entonces, áteme esa mosca el señor de Santorcaz. No, no quedará un francés para contarlo, y la que hicieron aquí a primeros del mes, la pagarán muy cara. ¿Hase visto alguna vez bribonada semejante? ¡Fusilar en cuadrilla a tantos pobrecitos, sin perdonar a sacerdotes ancianos, a inocentes doncellas y a infelices muchachos como el que está en esa cama! ¡Ay! usted no vio aquello, señor de Santorcaz, porque llegó a Madrid tres días después; ¡pero si usted lo hubiera visto! Por esta calle del Barquillo pasaron esas fieras, y como les arrojaron algunos ladrillos desde los andamios de la casa que se está fabricando en la esquina, mataron a una pobre mujer que pasaba con un niño en brazos. Al ver esto, todas las vecinas de la casa que estábamos en los balcones, empezamos a tirarles cuanto teníamos. Una les echaba una cazuela de agua hirviendo, otra la sartén con el aceite frito; yo cogí el puchero que había empezado a cocer, y sin pensarlo dije *allá va*, y aunque aquel día nos quedamos sin comer, no me pesó, no señor. Después entre Juanita la lañadora, las niñas de al lado y yo, cogimos una cómoda y echándola a la calle aplastamos a uno. Querían subir a matarnos; pero ¡quia! Todo facha, nada más que facha. Más de cuarenta mujeres nos apostamos en la escalera, unas con tenedores, otras con tenacillas, estas con asadores, aquella con un berbiquí, estotra con una vara de apalear lana. Si llegan a subir les hacemos pedazos. Mi marido tomó aquella lanza vieja que tiene allí desde las tan famosas guerras, y poniéndose delante de nosotras en la escalera nos arengó, y dispuso cómo nos habíamos de colocar. ¡Ah, si llegan a subir esos perros! Yo era la más vieja de todas, y la más valiente aunque me esté mal el decirlo. Mi marido quería salir a la calle al frente de todas nosotras; pero le convencimos de que esto era una locura. Con su carga de setenta a la espalda, él hubiera partido de un lanzazo a cuantos mamelucos encontrara en la calle. ¡Ay qué día! Cuando nos retiramos cada una a nuestro cuarto, en toda la casa no se oía más que «¡viva el Gran Capitán!»

—¡Qué día! —exclamó melancólicamente Fernández, disimulando el legítimo orgullo que el recuerdo de sus proezas le causara—. A eso de las ocho de la mañana vi salir de la oficina al capitán don Luis Daoíz. El día anterior me había mandado por unas botas a la zapatería de la calle del Lobo, y desde allí se las llevé a su casa en la calle de la Ternera, y cuando volví después de hacer el mandado, viendo que había cumplido con la puntualidad y el esmero que son en mí peculiar, me dio dos reales, que guardo en este pañuelo como memoria de hombre tan valiente.

Diciendo esto, trajo un pañuelo y desdoblando una de las puntas despaciosamente, y como si se tratara de la más vulnerable y santa reliquia, sacó una moneda de plata que puso ante la vista de Santorcaz sin permitirle que la tocara.

—Esto me dio —añadió enjugando con el mismísimo pañuelo las lágrimas que de improviso corrieron de sus ojos—; esto me dio con sus propias manos aquel que vivirá en la memoria de los españoles mientras haya españoles en el mundo. Yo estaba barriendo la oficina cuando entró don Pedro Velarde buscándole y le dije: «Mi capitán, hace un rato que salió con don Jacinto Ruiz.» Después don Pedro entró y estuvo disputando con el coronel: al cabo de un cuarto de hora volvió a pasar por delante de mí. Quién me había de decir...

El Gran Capitán no pudo continuar, porque la pena ahogaba su voz; doña Gregoria se llevó también la punta del delantal sucesivamente a sus dos ojos, y Santorcaz más serio y grave que antes respetaba el dolor de sus dos amigos.

—Me han asegurado —dijo después de una pausa—, que ese don Pedro Velarde iba a comer todos los días en casa de Murat. ¿Es que simpatizaba con los franceses?

—No, no; y quien lo dijere miente —exclamó don Santiago, dejando caer de plano sobre la mesa sus dos pesadísimas manos—. Don Pedro Velarde pasaba por un oficial muy entendido en el arma, y como fue de los que el Rey envió a Somosierra a recibir al *melenudo*, este le trató, supo conocer sus buenas dotes y quiso atraérselo. ¡Bonito genio tenía don Pedro Velarde para andarse con mieles! Le convidaban a comer, obsequiábanle mucho; pero bien sabían todos que si nuestro capitán pisaba las alfombras de aquel palacio era *para conocer más de cerca a la canalla*, como él mismo decía.

—Él y sus compañeros de Monteleón —dijo Santorcaz—, demostraron un valor tanto más admirable, cuanto que es completamente inútil. Aquí están ciegos y locos. Creen que es posible luchar ventajosamente contra las tropas más aguerridas del mundo, sin otros elementos que un ejército escaso, mal instruido, y esas nubes de paisanos que quieren armarse en todos los pueblos. La obstinación ridícula de esta gente hará que sean más dolorosos los sacrificios, y el número de víctimas mucho más grande, sin que puedan vanagloriarse al morir de haber comprado con su sangre la independencia de la patria. España sucumbirá, como han sucumbido Austria y Prusia, Naciones poderosas que contaban con buenos ejércitos y Reyes muy valientes.

—¡Esos países no tienen vergüenza! —exclamó con furor don Santiago Fernández, levantándose otra vez de su asiento—. En Austria y Prusia habrá lo que usted quiera; pero no hay un Valdesogo de Abajo, ni un Navalagamella.

Discretísimo lector: no te rías de esta presuntuosa afirmación del Gran Capitán, porque bajo su aparente simpleza encierra una profunda verdad histórica.

Santorcaz soltó de nuevo la risa al ver el acaloramiento de su amigo, cuyas patrióticas opiniones apoyó de nuevo su esposa, hablando así:

—Aquí somos de otra manera, señor de Santorcaz. Usted viviendo por allá tanto tiempo, se ha hecho ya muy extranjero y no comprende cómo se toman aquí las cosas.

—Por lo mismo que he estado fuera tanto tiempo, tengo motivos para saber lo que digo. He servido algunos años en el ejército francés; conozco lo que es Napoleón para la guerra, y lo que son capaces de hacer sus soldados y sus generales. Cien mil de aquellos han entrado en España al mando de los jefes más queridos del Emperador. ¿Saben ustedes quién es Lefebvre? Pues es el vencedor de Dantzig. ¿Saben ustedes quién es Pedro Dupont de l'Etang? Pues es el héroe de Friedland. ¿Conocen ustedes al duque de Istria? Pues es quien principalmente decidió la victoria de Rívoli. ¿Y qué me dicen de Joaquín Murat? Pues es el gran soldado de las Pirámides, y el que mandó la caballería en Marengo...

—No, no le nombre usted —dijo doña Gregoria—, porque si todos los demás son como ese de *las melenas*, buena gavilla de perdidos ha metido Napoleón en España.

—Señor de Santorcaz —añadió con grave comedimiento el Gran Capitán—, ya sabe usted que un hombre como yo, testigo de cien combates, no se traga ruedas de molino, y todas esas heroicidades del general Pitos y del general Flautas las vamos a ver de manifiesto ahora, sí señor. Y supongo que usted habrá venido para ponerse de parte de ellos, pues quien tanto les alaba y admira, es natural que les ayude.

—No —repuso Santorcaz—; yo he vuelto a España para un asunto de intereses, y dentro de unos días partiré para Andalucía. Cuando arregle mi negocio, me volveré a Francia.

—¡Qué mal hombre es usted! —exclamó doña Gregoria—. Y su pobre padre, y toda la familia llorando su ausencia, y muertos de pena sin poder traer al buen camino a este calaverilla que durante quince años y desde aquella famosa aventura... Pero chitón —añadió volviendo la cara hacia mí—; me parece que el chico se ha despertado y nos está oyendo.

II

Los tres me miraron y yo observé claramente cuanto me rodeaba, pudiendo apreciarlo todo sin mezcla de vagas imágenes, ni mentirosas visiones. Hallábame en una cama, de cuyo durísimo colchón daban fe las mortificaciones de mis huesos y la instintiva tendencia de mi cuerpo a arrojarse fuera de ella, mientras uno de mis brazos, fuertemente vendado se negaba a prestarme apoyo, tan inmóvil y rígido como si no me perteneciera. Asimismo rodeaba mi cabeza complicado turbante de trapos que olían a ungüentos y vinagre, y mi débil y extenuado cuerpo sentía por aquí y por allí terribles picazones. El lecho en que yacía tan incómodamente ocupaba el rincón del cuarto, el cual era de ordinarias dimensiones, con blancos muros y suelo de ladrillos, mal cubiertos por una vieja y acribillada estera de esparto. Algunas láminas de santos, a quienes el artista grabador había dado nuevo martirio en sus impíos troqueles, adornaban la desnuda pared, en uno de cuyos testeros ostentaba su temerosa longitud la lanza del Gran Capitán. En el centro de la pieza hallábase la mesa, que sostenía un candil de cuatro mecheros, y junto a ella sentados en sendas sillas de cuero, que lastimosamente gemían al menor movimiento, estaban los tres personajes cuya conversación hirió mis oídos cuando volví de un largo paroxismo.

Todos fijaron en mí la atención, y doña Gregoria, acercándose maternalmente a mi cama, me habló así:

—¿Estás despierto, niño? ¿Ves y entiendes? ¿Puedes hablar? Pobrecito: ya se te ha quitado la terrible calentura, y el Santo Ángel de tu Guarda ha conseguido del Padre eterno que te otorgue el seguir viviendo. ¿Cómo estás? ¿Nos ves a los que estamos aquí? ¿Nos conoces? ¿Entiendes lo que decimos? Debes de estar bien, porque ya no dices desatinos, ni quieres echarte de la cama, ni nos insultas, ni dices que nos vas a matar, ni llamas a don Celestino ni a la doña Inés, que te traían trastornado el juicio. Estás bien, ya estás fuera de peligro, y vivirás, pobre niño; pero ¿has perdido la razón, o Dios quiere que te veamos en tu ser natural, sano y completo y cuerdo, tal y como estabas, antes de que aquellos caribes...?

—Y en verdad, no sé cómo ha escapado el infeliz —dijo Fernández a Santorcaz—. Tres balazos tenía en su cuerpecito: uno en la cabeza el cual no es más que una rozadura, otro en el brazo izquierdo, que no le dejará manco, y el tercero en un costado, y en parte sensible, tanto que si no le hubieran sacado la bala, no le veríamos ahora tan despiertillo.

Aquellas bondadosas personas me instaron para que hablase, mostrándoles que mi razón, como mi cuerpo, se había repuesto de la tremenda crisis a que estuviera sujeta. También acudió con cariñosa solicitud a darme alimento la ejemplar doña Gregoria, y tomado aquel ávidamente por mí, me sentí muy bien. ¿Había resucitado o había nacido en aquella noche?

—Ahora, chiquillo, estate tranquilo —continuó doña Gregoria sentándose a mi lado—. ¡Cuánto se va a alegrar el señor Juan de Dios cuando te vea!

—¡Cómo! —exclamé con la mayor sorpresa—. ¿Juan de Dios vive aquí? ¿Pues en dónde estoy? ¿Y ustedes quiénes son? ¿Qué ha sido de Inés?

—¡Otra vez Inés! Este joven no está todavía bueno. Dejémonos de Ineses y a descansar.

Santorcaz se llegó a mí, y mostrándome algún interés, me dijo:

—¡Pobrecito!, ¡con que te fusilaron! El gran duque de Berg es hombre terrible y sabe sentar la mano. Dicen que mataste más de veinte franceses. Ya me contarás tus hazañas, picarón. Y di, ¿tienes ánimos de volver a hacer de las tuyas? Me parece que no... porque habrás visto que esa gente gasta unas bromas un poco pesadas.

Dicho esto, Santorcaz, tomando su capa, se marchó.

La sensación que yo experimentaba al verme allí, tornado nuevamente y de improviso, según mi entender, a la vida; en presencia de personas desconocidas y volviendo sin cesar al pasado mi pensamiento recién salido de una sombra profunda; las impresiones de mi alma, a quien el repentino despertar después de un largo entumecimiento había dado cierta actividad ansiosa, fueron causa de que no pudiera estar tranquilo como me rogaban el Gran Capitán y su mujer. Hacíales mil preguntas diversas, con la curiosidad del que volviendo al mundo después de un siglo de muerte real, deseara conocer en un instante cuanto ha pasado en el planeta durante su ausencia. A todo contestaban que me estuviese quieto y sin cuidarme de nada, para que no me repitiesen los accesos de fiebre; pero no pude conseguir este objeto, y si descansé un poco, procurando poner a un lado mis terribles recuerdos y apartar de la vista las siniestras figuras que se habían hecho compañeras inseparables de mi espíritu, poco después, cuando, ya avanzada la noche, llegó Juan de Dios, me sentí tan vivamente inquieto al verle, que a no impedírmelo mi debilidad, habría saltado del lecho para correr hacia él, arrastrado por un odio terrible y una curiosidad más fuerte aún que el odio. El antiguo mancebo de don Mauro Requejo estaba tan demacrado, tan excesivamente amarillo y mustio, que parecía haber vivido diez años de penas en el trascurso de algunos días. Sus ojos encendidos conservaban huellas de recientes lágrimas, y su desmadejado cuerpo se movía con pesadez, como si le fatigara su propio peso. Arrojose en una silla junto a mi cama, cuando los dos ancianos se retiraban a su aposento, y me habló así:

—Gabriel, ¿ya estás bueno? ¿Has recobrado el juicio? ¿Entiendes lo que se te dice?

—¿Dónde está Inés? —le pregunté con ansiedad.

—¡Oh, desgraciado de mí! —exclamó ocultando el rostro entre las manos—. Tú estás enfermo todavía, y si te doy la noticia... ¿Que dónde está Inés? Espántate, Gabriel, porque no lo sé. Yo estoy loco, yo estoy imbécil. Llevo quince días de dolores que a nada son comparables. Las lágrimas que he derramado podrían agujerar una peña. Ahora mismo... ¿de dónde crees que vengo? Pues vengo de la bóveda de San Ginés, adonde voy todas las noches a mortificarme el cuerpo con disciplinazos, por ver si Dios se apiada de mí y me devuelve lo que me quitó, sin duda en castigo de mis grandes pecados.

Después de enjugar sus lágrimas y sonarse con estrépito, continuó así:

—Yo saqué a Inés de la huerta del príncipe Pío. ¡Ay!, si no te salvaste también tú, fue porque no pude, que bien lo intenté; te juro que lo intenté. Inés se desmayó, y no pudiendo traerla aquí, por ser esto muy lejos, Lobo me indujo a llevarla a casa de unas que él llamaba honradísimas señoras, donde permanecería hasta tanto que fuera posible traerla aquí para casarme con ella... ¡Oh, infame legista, miserable enredador, tramposo y falsario! Inés me abofeteó, Gabriel, al verse en aquella casa, y me clavó en las mejillas sus deditos. No puedes formarte idea de las palabras tiernas que le dije para que se calmara, pero nada podía consolarla de que no os hubierais salvado también tú y el buen sacerdote. En vano le dije que sería mi mujer; en vano le dije que la adoraba con profundísimo amor; también le mostré mi dinero, prometiéndole gastar una buena parte en huir para siempre de Madrid y de España si así lo deseaba. ¡Infeliz de mí!, a estas irrecusables pruebas de mi cariño, solo contestaba llamándome bestia y ordenándome que se le quitara de delante... A cada instante te llamaba, y luego se deshacía en lágrimas, y quería después arrojarse fuera de la casa para volver a la Montaña. A pesar de esto yo era feliz, porque la tenía en mis brazos, apartábale de la frente los desordenados cabellos, y con mi pañuelo limpiaba sus lágrimas divinas, con las cuales se refrescarían, si las bebieran, los condenados del infierno... El pérfido Lobo no se apartaba de allí, y desde luego me parecieron sospechosos el esmero y solicitud con que la atendía. Inés no cesaba un momento de gemir, y tanto a mi compañero como a mí nos mostraba mucha repugnancia, ordenándonos que la dejáramos sola, porque no quería vernos, y que la matáramos, porque no quería vivir. Su desesperación llegó a tal punto que no la podíamos contener, y se nos escapaba de entre los brazos, diciendo que pues no le era posible salvaros la vida, quería ir a daros a entrambos sepultura. Por último, a fuerza de ruegos logramos calmarla un poco, prometiéndole yo acudir al lugar del suplicio a cumplir tan triste obligación. Cuando esto le dije, me miró con tanta ternura, y después me lo ordenó de un modo tan persuasivo, tan elocuente, que no vacilé un instante en hacer lo prometido y salí dejándola al cuidado de Lobo. ¡Nunca tal hiciera y maldito sea el instante en que me separé de aquel tesoro de mi vida, de aquel imán de mi espíritu! Gabriel, corrí a la Moncloa, me acerqué a los grupos en que eran reconocidos los cadáveres, y anduve de un lado para otro esperando encontrarte entre aquellos que, abandonados hasta en tan triste ocasión, no tenían quien formara a su alrededor concierto de llantos y exclamaciones... Al fin encontré al sacerdote; pero tú no estabas a su lado, pues unas mujeres compasivas, habiendo notado que vivías, te habían llevado a un paraje próximo para prodigarte algunos cuidados. Grande fue mi alegría cuando te vi abrir los ojos, cuando te oí pronunciar algunas frases oscuras, y observé que tus heridas no parecían de mucha gravedad; así es que en cuanto dimos sepultura a tu buen amigo, me ocupé de los medios de traerte a mi casa. Rogué a aquellas mujeres que te cuidaran un momento más, mientras yo volvía con una camilla, y al salir de la huerta, me regocijaba con la idea de participar a Inés que estabas vivo. «¡Cuánto se va a alegrar la pobrecita!» decía para mí, y yo me alegraba también, porque había comprendido por sus palabras que aquella flor de Jericó te apreciaba bastante ¿no es verdad? ¡Ay!, Gabriel, tú hubieras sido nuestro criado, tú nos hubieras servido fielmente, ¿no es verdad?... Pues bien, hijo, como te iba diciendo, corrí desalado a comunicarle la feliz nueva de tu salvación, y cuando entré en la casa donde la había dejado, Inés ya no estaba allí. Aquellas señoras desconocidas dijéronme que Lobo se había llevado a la muchacha, y como yo les manifestara mi extrañeza e indignación, llamáronme estúpido y me arrojaron de su casa. Volé a la de ese miserable ladrón; mas no le pude ver ni en todo aquel día ni en los siguientes. Figúrate mi desesperación, mi agonía, mi locura; yo no sé cómo no entregué el alma a Dios en aquellos días, porque además de mi gran pena, me consumía una fuerte calentura, a consecuencia de la herida de esta mano, pues bien viste que perdí dedo y medio en la calle de San José... ¿Crees que me curaba? Ni por pienso. Después que el boticario de la Palma Alta me vendó la mano, no volví a acordarme de tal cosa, y no digo yo dedo y medio, ¡sino los cinco de cada mano me hubiera yo arrancado con los dientes, con tal de hallar a mi idolatrada Inés, a aquella rosa temprana, a aquel jazmín de Alejandría! Durante este tiempo no me olvidé de ti, pues el mismo día 3 te hice conducir a esta casa, que es la mía, en la cual has permanecido hasta hoy, y donde, gracias a los cuidados de tan buena gente, has recobrado la salud.

—¿Pero Lobo ha desaparecido también? —pregunté con afanoso interés—. Si no ha desaparecido, ¿no puede obligársele a decir qué ha hecho de Inés?

—Al cabo de diez días lo encontré al fin en su casa. ¿Sabes tú lo que me dijo el muy embustero? Pues verás. Después de reírse de mí, llamándome bobo y mentecato, me dijo que no pensara en volver a ver a Inés, porque la había entregado a sus padres. «¿Pues acaso Inés tiene padres?» le dije. Y él me contestó: «Sí, y son personas de las principales de España, por lo cual he creído de mi deber entregarles la infeliz muchacha, desde tanto tiempo condenada a vivir fuera de su rango y entre personas de inferior condición.» Me quedé atónito; pero al punto comprendí que esto era invención de aquel inicuo tramposo embaucador, y en mi cólera le dije las más atroces insolencias que han salido de estos labios... ¿No crees tú como yo que lo de entregarla a sus desconocidos padres es pura fábula de Lobo, para ocultar así su crimen? Gabriel, ¿no te estremeces de espanto como yo? ¿Dónde estará Inés? ¿Dónde la tendrá ese monstruo? ¿Qué habrá hecho de ella? ¡Ay! Yo la he buscado sin cesar por todo Madrid, he pasado noches enteras junto a la casa de la calle de la Sal examinando quién entraba y quién salía; he dado dinero a los criados, aguadores, lavanderas, a los escribientes del licenciado, a cuantas personas visitaban la casa; pero nadie me ha sabido dar razón: nadie, nadie. ¿Es esto para desesperarse? ¿Es esto para morirse de pena? ¡Trabajar tanto, cavilar tanto para sacarla del poder de sus tíos, cometer grandes pecados, y exponer uno su alma a las horribles penas del infierno, para ver desvanecida como el humo aquella esperanza encantadora, aquella soñada dicha y suprema felicidad!... ¿Será castigo de Dios por mis culpas, Gabriel? ¿Lo crees tú así? ¿Apruebas lo que estoy haciendo ahora, que es rezar mucho y pedir a Dios que me perdone, o que me devuelva a Inés, aunque no me perdone? ¿Crees tú que concurriendo a la bóveda de San Ginés con gran constancia y devoción, podré alcanzar de Dios alguna misericordia? ¡Ay! Si las lágrimas que he derramado hubiesen caído todas en el corazón de ese infame Lobo, habríanle atravesado de parte a parte haciendo el efecto de un puñal. ¿Dónde está Inés? ¿Qué es de ella? ¿Vive o muere? Gabriel, tú tienes ingenio, y Dios ha querido que recobres tu preciosa vida para que desbarates los inicuos planes de ese monstruo, y devuelvas a Inés su libertad, así como a mí la paz del alma que he perdido quizás para siempre.

Así habló el afligido hortera, y oyéndole no pude menos de compadecerle por los tormentos de su alma tan apasionada como inocente. No se cansó de hablar hasta muy avanzada la noche, siempre sobre el mismo tema y con iguales demostraciones dolorosas. Al fin, su voz se perdió para mí en el vacío de un silencio profundo, porque me quedé dormido, cediendo mi atención y curiosidad a la fatiga y flaqueza de ánimo que me consumían aún.

III

A la mañana siguiente la primera persona que vieron mis ojos fue doña Gregoria, a quien ya había empezado a tomar cariño, pues tan propio de la caridad es inspirarlo en poco tiempo. La mujer del Gran Capitán limpiaba la sala, procurando mover los trastos lentamente para no hacer ruido, cuando desperté, y al punto lo dejó todo para correr a mi lado.

—Esa cara está respirando salud —me dijo—. Veremos lo que dice hoy don Pedro Nolasco cuando te vea.

—¿Y quién es ese don Pedro Nolasco? —pregunté sospechando fuera el citado varón algún médico afamado de la vecindad.

—¿Quién ha de ser, hijo? El albéitar, que vive en el cuarto número 14. Aquí no gastamos médico, porque es bocado de príncipes. Y cuando Fernández padece del reuma, le ve don Pedro Nolasco, que es un gran doctor. A él debes la vida, chiquillo, y él te sacó del costado la bala; que si no, a estas horas estarías en el otro mundo.

Oído esto, le hice varias preguntas acerca de su condición y la calidad de la casa, a las que satisfizo bondadosamente diciendo que su esposo era portero en una oficina del ramo de la Guerra, y que con su sueldo, y lo que el señor Juan de Dios les daba por su modesto pupilaje, pasaban la vida pobres y contentos.

—Esta no es casa de huéspedes, porque nosotros no queremos barullo —añadió—, pero hace mucho tiempo que conocemos al señor de Arroiz y por eso le tenemos aquí. Este señor de Santorcaz que has visto anoche y que no ha de tardar en venir, es un joven a quien conocimos en Alcalá, cuando estábamos allí establecidos, y él corría la tuna en aquella célebre Universidad. Ha sido muy calavera, y sus padres no le han vuelto a ver desde que se marchó a Francia hace quince años, huyendo de una persecución muy merecida, a consecuencia de sus barrabasadas y viciosas costumbres. ¡Desgraciado joven! Allá ha sido soldado, y cuando nos cuenta sus trabajos y penalidades nos quedamos como si oyéramos leer la novela *El asombro de la Francia, Marta la Romarantina*, aunque Santiago dice que todo lo que cuenta es mentira. A pesar de es un tarambana, nosotros apreciamos a este mala cabeza de Santorcaz, y él no nos quiere mal; así es que cuando se aparece por España, siempre viene a parar a nuestra casa, donde le damos hospitalidad por bien poco dinero. ¡Ay!, sí, por bien poco dinero: verdad es que si le pidiéramos mucho, el infeliz no podría dárnoslo, porque no lo tiene. Y no es porque haya nacido de las yerbas del campo, pues su familia a un buen solar de tierra de Salamanca pertenece: solo que como no es primogénito... su padre se empeñó en dedicarle a la Iglesia, y el pobre chico no tenía afición de misacantano...

Estábamos doña Gregoria y yo enfrascados en este coloquio que no dejaba de interesarme, cuando volviendo de su oficina don Santiago Fernández, quitose gravemente el pesado uniforme, que su consorte colgó en la percha no lejos de la amenazadora lanza, y se dispuso a comer:

—Grandes noticias te traigo, mujer —dijo con retozona sonrisa, sentado ya en el sillón de cuero y con ambas manos posadas en las respectivas rodillas, mientras con lento compás movía el cuerpo—. Te vas a poner más contenta...

—No puede ser sino que el Gran Duque ha reventado ya de los cólicos que padecía.

—No, no es eso, mujer. ¿Quién te dijo que Navalagamella le había declarado la guerra a la *canalla*? No es Navalagamella solo, mujer, es Asturias, León, Galicia, Valencia, Toledo, Burgos, Valladolid, y se cree que también Sevilla, Badajoz, Granada y Cádiz. En la oficina lo han dicho, y si vieras cómo están todos bailando de contento. Oficial conozco que no ha dormido en toda la noche esperando el correo, y si supieras, mujer... A ti te lo puedo decir, y no importa que lo oiga este chico. Oye, oíd los dos: muchos oficiales se han fugado, sin que en los cuarteles, ni en sus casas se sepa dónde están. Y dirás tú, «¿pues dónde están?» Yo lo sé, sí señora, yo lo sé: se han ido a unirse a los ejércitos españoles que se están formando... ¿a que no sabes dónde se están formando? Pues yo lo sé, sí señora, yo lo sé: uno se está formando en Valladolid, y lo mandará don Gregorio de la Cuesta: otro en Asturias y Galicia, que corre a cargo de Blake... y el tercero... Esta es la más gorda de todas: ¿te la digo?

—Hombre sí, dila: no nos dejes a media miel.

—Pues se dice por ahí que las tropas de Andalucía se sublevarán, sí señor, se sublevarán. Pues no se han de sublevar. Si en cuanto uno dé la voz empieza a desfilar nuestra gente, y ni un ranchero español quedará a las órdenes de Murat, ni de la Junta.

—Veo que lo van a pasar mal, Santiago. Pero siento golpes en la puerta. Son los vecinos que vienen a saber noticias... Pase usted, señor don Roque; pasen ustedes niñas; pase usted señor de Cuervatón.

Abrió doña Gregoria la puerta y penetraron en ordenada falange como una docena de personas de uno y otro sexo, y de diferentes edades y fachas, las cuales personas eran los vecinos más adictos a la simpática persona del Gran Capitán, y además entusiastas creyentes de sus noticias, por lo cual acudían todas las mañanas cuando aquel regresaba de la oficina, con el anhelo de saciar en la fuente más pura y cristalina la ardorosa curiosidad que entonces devoraba a los habitantes de Madrid. ¿Debo detenerme en enumerar a tan dignas personas? ¿Para qué, si el lector no necesita conocer al lañador, ni al talabartero, ni tampoco a don Roque, el arruinado comerciante, ni al señor de Cuervatón, ni menos a las niñas de la bordadora en fino? Dejémosles envueltos en el velo de su discreto incógnito, y oigamos a Fernández, que desbordándose de su propio ser, a causa de la exorbitante hinchazón de su orgulloso júbilo, iba contando lo que oyera, sin dejar de aderezar sus relatos con la sal y pimienta de la exageración.

—Pues en Andalucía —dijo—, en Andalucía... ya saben ustedes dónde está Andalucía; como si dijéramos en Cádiz... pues. Dicen que la Junta de Sevilla ha armado un gran ejército, con las tropas que estaban en San Roque. ¿Saben ustedes lo que es San Roque? Pues es como si dijéramos... supongan ustedes que aquí está Gibraltar, pues aquí abajito está San Roque.

—Este don Santiago lo sabe todo.

—Ya, como quien ha visto tantas tierras, y ha estado en tantas batallas.

—En San Roque están las mejores tropas de España, tanto en infantería como en artillería y caballos; de modo que si se forma ese ejército, y viene sobre Madrid... ¡Jesús!

—¡Jesús! —repitió un coro de diez voces.

—¿usted cree que vendrá sobre Madrid? —preguntó uno de los concurrentes.

—Eso es lo que no puedo asegurar —repuso con énfasis el Gran Capitán—. Pero a lo que yo entiendo y según la experiencia que adquirí en aquellas terribles guerras, me atrevo a decir que el ejército de Andalucía viene sobre Madrid, y si hace lo mismo el de don Gregorio de la Cuesta, juzguen ustedes el susto que pasarán los franceses. Hay que guardar el secreto: mucho cuidado, señores, y ustedes, niñas, guárdense muy bien de ir contando estas cosas cuando vayan a la costura, porque puede llegar a oídos del gran duque de Berg... Yo creo que pasará lo siguiente. El ejército de Andalucía vendrá a la Mancha: los franceses irán a batirlos, dejando libre a Madrid, donde entrará don Gregorio de la Cuesta, el cual si sigue después hacia el Mediodía, les picará la retaguardia por Tarancón, y como al mismo tiempo los de allí le harán retroceder hacia el Tajo, viéndose los franceses atacados por todos lados, por fuerza tendrán que caer en el río, donde se ahogarán.

—¡Cuánto sabe este hombre! Es un asombro que de esa manera pueda anunciar los movimientos del enemigo. Y no hay duda, así tiene que suceder.

—Y como la sublevación es general —añadió Fernández—, no podrán acudir a todos lados. Además no pueden contar con un solo soldado español que les ayude, porque todos desertan; de modo que si Napoleón quiere continuar la guerra en España, ya puede mandar gente.

—Y como de los que vienen, la mitad mueren de borrachera...

—El mismo Murat está padeciendo unos cólicos que se lo llevarán al otro mundo.

—¡Quia! Si lo que tiene es una enfermedad vergonzosa.

—Así pagará las que ha hecho. ¿Pues qué puede ser eso, sino castigo de Dios por su barbarie y crueldad?

—No es eso, señora; es que según dicen es aficionado a la bebida.

—¡Menudas borracheras habrá tomado desde que está aquí! ¿Y se marchará o no se marchará?

—Yo creo que sí —dijo Fernández—. Tengo entendido que está muy disgustado, porque Napoleón no le quiere hacer rey de España.

—Angelito; pues no pide poco que digamos.

—Y como parece que mandan de rey al que lo es de Nápoles, un don José, al cual según dicen también le gusta aquello...

—Se conoce que es afición de familia.

—Lo que debiera hacer el señor Fernández —dijo el lañador—, es irse a cualquiera de esos ejércitos, donde sin duda se había de lucir, y quién sabe si nos lo harían general de la noche a la mañana.

—Yo no sirvo para nada —contestó el Gran Capitán—. Yo tuve mi época, y ahora que trabajen otros como trabajamos los de entonces. Aquellas sí eran guerras, señores... Esto de ahora es una bobería, y sino, ya verán ustedes cómo en menos que canta un gallo se acaba todo.

—Pero lo del ejército de Andalucía, ¿es cierto o es puro barrunto de usted? Sepámoslo de una vez.

—Es cierto, señores. Me parece que Santiago Fernández tiene motivos para saber lo que hace un ejército y lo que deja de hacer. Cuando empiecen nuestros generales a decir «por aquí te doy», ya les tendré a ustedes al tanto de todo día por día.

A este punto llegaba, cuando entró Santorcaz, y no bien le vieron las honradas personas que formaban el auditorio del buen Fernández, empezaron todos a desfilar de muy mal talante, porque la presencia del citado *flamasón* era harto desagradable a todos los habitantes de la casa.

—Grandes noticias, grandes noticias traigo, señor don Gonzalo Fernández de Córdoba —exclamó desde la puerta—. Aguárdense todos, si quieren saber la verdad pura. ¿Pero se van estas niñas? ¿Por qué me tienen miedo? ¿Y usted, don Roque, no quiere escuchar?... Vayan noramala, pues, y ustedes se lo pierden, porque no saben lo que ocurre... La lanza, señor Fernández, tome usted al punto la lanza, y prepárese al combate, porque se acerca lo tremendo, y ahora verá quiénes son buenos patriotas y quiénes no lo son.

—No tomemos a broma estas graves cosas, señor don Luis —dijo algo amoscado el que podremos llamar vencedor de Cerinola—, ni nos escandalice a la vecindad con sus endemoniados aspavientos.

—¿A que no sabe usted lo que yo sé? —añadió Santorcaz—. ¿A que no sabe usted que el general Dupont, que estaba en Toledo, ha recibido orden de marchar a Andalucía, y que Moncey sale mañana de aquí para Valencia, y que Lefebvre, que está en Pamplona, irá pronto sobre la capital de Aragón; que Duhesme se extenderá por Cataluña y que Bessières baja hacia Valladolid a toda prisa con las divisiones de Lasalle y de Merle?

—¡Cómo se conoce que usted escupe en corro con la canalla! ¡Y cómo están sus mercedes del estómago? ¿Se han hecho al fin al vino de España? Y el gran duque de Berg, ¿cómo anda de sus calenturas? ¿Hay mieditis? Porque yo tengo para mí que si a esos señores se les caen los calzones es porque, como dijo el otro, al que mal vive, el miedo le sigue. Yo, en verdad, no sabía lo que usted acaba de decir; pero allá en la oficina oí decir otras cosillas que no sé si sonarán bien en las orejas de la canalla. ¿Por qué no va mi señor don Luis a contárselas, a ver si con el gusto se les quita el destemple?

—¿Qué noticias son esas?

—Nada, poca cosa. Cuando el francés las sepa, verá usted qué contento se pone... Que en todas las ciudades se han nombrado o se van a nombrar Juntas, las cuales no harán caso de lo que se mande en Bayona, sino que...

—Pero si Fernando VII no es ya Rey de España, porque ha cedido sus derechos al Emperador, lo mismo que Carlos IV. ¿Qué son esas Juntas más que cuadrillas de insurgentes?

—Sí... pues que las quiten: es cosa fácil. ¡Demonios de Juntas! Y los muy simples están formando unos ejércitos... cosa de juego, señor de Santorcaz; cuatro gatos que estaban ahí en el Campo de San Roque con unos cuantos cañoncillos... Y también han dado en armarse los paisanos, lo mismo en Castilla que en Cataluña, que en Valencia, que en Andalucía... pero eso no vale nada; son hombres de alfeñique y alcorza, y no digo yo con balas, con saliva los destruirán los franceses.

—¿Y todo lo que sabe usted se reduce a que la Junta de Sevilla está formando un ejército con las tropas de San Roque que manda Castaños, y las de Granada que están a las órdenes de Reding? Pues eso lo sabe todo Madrid.

—Mira, Fernández —dijo oficiosamente doña Gregoria—, haces mal en revelar lo que sabes por tan buen conducto, porque yo no soy lerda para conocer que lo que hace nuestro ejército no se debe decir. Y sino, pongo por caso: si tú que estás enterado de todo, a causa de tu gran tino para la guerra, descubres lo que hace el ejército de Andalucía y llega a oídos del francés, puede aprovecharse de la noticia y entonces...

—¡Qué ha de aprovecharse, mujer, ni qué entiendes tú de estas cosas! Al contrario, yo quiero que el señor de Santorcaz vaya con el cuento. Y también en Castilla...

—Otro ejército, sí, compuesto de guardias de corps, acostumbrados a hacer la guerra en los palacios, de estudiantes, de paletos y contrabandistas ¡Ah! —exclamó Santorcaz, dando tregua a las bromas y hablando con completa seriedad—. Es una desgracia para nosotros el tener que confesar que no podemos batirnos con los franceses. ¿Qué importa que se armen multitud de paisanos, si esas turbas indisciplinadas antes que ayuda serán elemento de desconcierto para el escaso ejército español? ¿Qué obstáculo pueden ofrecer a los que han sometido la Europa entera, esos infelices alucinados, a quienes engaña su ignorancia? ¿Han visto alguna vez un campo de batalla? ¿Tienen idea de lo que significa la previsión, la táctica, el genio de un jefe experto para decidir la victoria? Es una triste cosa haber llegado a este extremo por las torpezas de nuestros Reyes; pero una vez aquí, no hay más remedio que someterse a lo que la Providencia ha querido hacer de nosotros. España no puede resistir la invasión, porque si la resistiera haría un milagro, una hazaña sobrenatural nunca vista. Condenada a ser de Napoleón y a ver sentado en su trono a un Rey de la familia imperial, lo más cuerdo es resignarse a este resultado con la conciencia de haberlo merecido.

—¡Que España será francesa, que España será de Napoleón! —exclamó el Gran Capitán encendido en violenta ira—. Señor de Santorcaz, usted es un insolente, usted es un deslenguado, usted no tiene respeto a mis canas. Ya ¿qué se puede esperar de un trapisondista calavera como usted que abandonó a su familia por irse al extranjero a aprender malas mañas? ¡Decir que España ha de ser francesa! Salga usted de mi casa, y no ponga más los pies en ella. ¿Qué te parece, Gregoria? Mujer, ¿te estás con esa calma y no bufas de cólera como yo?

Y levantándose de su asiento, indicó a Santorcaz con majestuoso gesto la puerta de la sala; mas como don Luis no tuviera humor de marcharse, porque todos los días se repetía la misma escena sin resultado alguno, preparábase a comer tranquilamente, dejando que se desvaneciera, como efectivamente se desvaneció sin efusión de sangre, la ira de su honrado amigo. Durante la comida, don Santiago gruñó un poco; pero la prudencia y discreción de su esposa evitó un choque que pudiera haber tenido calamitosas consecuencias.

IV

Lo que he contado pasaba el 20 de mayo, si no me engaña la memoria. Poco a poco fui avanzando en mi convalecencia, y en pocos días me hallé ya con fuerzas suficientes para levantarme y dar algunos paseos por los grandes corredores de la casa, pues la vivienda del Gran Capitán tenía como único desahogo el largo pasillo, en cuya pared se abrían hasta veinte puertas numeradas, albergues de otras tantas familias. Peor que mi cuerpo se hallaba mi alma, llena de turbaciones, de sobresaltos y congojas, tan apenada por terribles recuerdos como por angustiosas presunciones, de tal modo que mi pensamiento corría a refugiarse alternativamente de lo pasado a lo futuro, buscando en vano un poco de paz.

La muerte del cura de Aranjuez, sin dejar de formar en mi alma un gran vacío, me era menos sensible de lo que a primera vista pudiera parecer, porque conceptuándola yo como tránsito que había llevado un nuevo santo a las falanges del Paraíso, consideraba a mi amigo en su verdadero lugar, y no tan lejos de nosotros que pudiera desampararnos si le invocábamos.

En cuanto a Inés, no dudaba que existía en poder de alguien que la protegiera por encargo de los parientes de su madre, y aunque para esta creencia no tenía más dato que la relación del alucinado Juan de Dios, yo me confirmaba cada vez más en ella, fundándome en antecedentes que omito por ser de mis lectores conocidos, y en la sórdida avaricia del licenciado Lobo, a cuyo carácter correspondía perfectamente una buena recompensa, a quien deseaba poseerla.

Todo mi afán consistía en hallarme completamente restablecido para poder salir a la calle, y cuando lo conseguí, tuve el gusto de darme a conocer a todos mis amigos como un verdadero resucitado, o alma del otro mundo, que vuelve con forma corporal a cobrar deudas atrasadas.

No tendrán ustedes idea del aspecto que ofrecía entonces Madrid, si no les digo que la gente toda andaba azorada y aturdida, a veces llena de miedo y a veces haciendo esfuerzos para disimular su alegría. El odio a los franceses no era odio, era un fanatismo de que no he conocido después ningún ejemplo; era un sentimiento que ocupaba los corazones por entero sin dejar hueco para otro alguno, de modo que el amar a los semejantes, el amarse a sí mismo, y hasta me atrevo a decir el amar a Dios se adoptaban y sometían como fenómenos secundarios al gran aborrecimiento que inspiraban los verdugos del pueblo de Madrid.

A estos se les veía solos en todos los sitios: su presencia hacía detener o apresurar a los transeúntes, y era tan extraordinario este desvío, que hasta parecían ellos mismos afectados de profundo pesar, y se les observaba taciturnos y foscos, sintiendo que el suelo les quemaba las plantas de los pies. Habían llenado de trincheras y baterías el Retiro, y para ver en todo su orgullo y presunción a los invasores, no había más que dirigir el paseo hacia Oriente, y se les encontraba en grandes grupos alrededor de las cantinas, o paseando por la carretera de Aragón. Ningún español se encaminaba hacia allí, a no ser los granujas que entonces, como ahora, gustaban de meter las narices en todas partes. Yo, llevado de mi curiosidad, me acerqué al Retiro, y también recorrí otros sitios hacia el Mediodía, igualmente ocupados como posiciones ventajosas.

En el interior de Madrid las tiendas estaban desiertas, pues todas las personas que se juntaban para pedir o comunicar noticias se reunían en parajes ocultos, siendo de notar que ya entonces comenzaban a dar sus primeras señales de vida las sociedades secretas, aunque yo no vi ninguna, y digo esto solo con referencia a vagos rumores. Como el afán por tener noticias relativas al levantamiento de las provincias, era una fiebre de que no estaban exentos ni los niños, ni los ancianos, ni las mujeres, cuando se sabía que don Fulano de Tal había recibido una carta de Andalucía o de Galicia o de Cataluña, la casa se llenaba de amigos, y hasta los desconocidos se permitían invadirla ruidosamente para no esperar a que se les contara el gran suceso. Sacábanse copias de las cartas que hablaban de la Junta de Sevilla y de la sublevación de las tropas de San Roque, y aquellas copias circulaban con una rapidez que envidiaría la moderna imprenta. Todos los días y a todas horas se hablaba de los oficiales que habían huido de Madrid para unirse a los ejércitos de Cuesta o de Blake, y cuando se tropezaba con un militar o con algún joven paisano de buen porte y bríos, no se le hacía otra pregunta que esta: «¿Usted cuándo se va?» Las familias de las víctimas se habían olvidado ya de rezar por los muertos, y pensaban en equipar a los vivos. Escaseaban los jornaleros y menestrales, porque de los barrios bajos partían diariamente muchos hombres a engrosar las partidas de Toledo y la

Mancha, y a pesar de los brutales bandos del general francés, ni faltaban armas en las casas, ni los fugitivos partían con las manos vacías.

Los invasores, que vigilaban el odio de la capital con la suspicacia medrosa del que ha padecido sus terribles efectos, no permitían, siendo tan grande su número y fuerza, que se manifestara lo que los madrileños pensaban y sentían; pero aun así, ¡cuántos cantares, cuántas jácaras, romances y décimas brotaron de improviso de la vena popular, ya amenazando con rencor, ya zahiriendo con picantes chistes a los que nadie conocía sino por el injurioso nombre de la *canalla*!

En el fondo de aquella grande agitación, y entre tantos recelos, había un júbilo secreto, pues como un día y otro llegaban noticias de nuevos levantamientos, todos consideraban a los franceses como puestos en el vergonzoso trance de retirarse. Aquel júbilo, aquella confianza, aquella fe ciega en la superioridad de las heterogéneas y discordes fuerzas populares, aquel esperar siempre, aquel no creer en la derrota, aquel *no importa* con que curaban el descalabro, fueron causa de la definitiva victoria en tan larga guerra, y bien puede decirse que la estrategia, y la fuerza y la táctica, que son cosas humanas, no pueden ni podrán nunca nada contra el entusiasmo, que es divino.

Como era natural, las noticias del levantamiento se exageraban mucho, y el entusiasmo popular veía miles de hombres donde no había sino centenares. Cuando las noticias venían de Bayona, eran objeto de sistemático desprecio, y las disposiciones del palacio de Marrás, así como la convocatoria de irrisorias Cortes en la ciudad del Adour, y el pleito homenaje por algunos grandes tributado a Bonaparte, daban pábulo a las sátiras sangrientas. Cuando alguno decía que vendría de Rey a Madrid el hermano de Napoleón, daba pie para las más ingeniosas improvisaciones del género epigramático. Todas las tertulias, que entonces eran muchas, pues la sociedad no se desparramaba aún por los cafés, eran, digámoslo así, verdaderos clubs donde latía sorda y terrible la conspiración nacional. Se conspiraba con el deseo, con las noticias, con las sospechas, con las exageraciones, con las sátiras, con verdades y mentiras, con el llanto tributado a los muertos y las oraciones por el triunfo de los vivos.

Tal era Madrid a fines de mayo de 1808, antes de que sonaran los primeros cañonazos de Cabezón y los primeros tiros del Bruch. Dicho esto, se me permitirá que hable un poco de mi persona, pues atendiendo a que la desgracia halla siempre eco en las personas discretas y sensibles, creo que no soy saco de paja a los ojos de mis lectores, y que algún interés les inspiran los penosos trances de mi borrascosa existencia. Necesito, además, explicar por qué causas emprendí mi viaje a Andalucía entre mayo y junio; y si de buenas a primeras me presentara camino de Despeñaperros en compañía del desconocido Santorcaz, ustedes no acertarían a explicarse ni los móviles de jornada tan peligrosa, ni mi repentino acomodamiento con aquel hombre singular.

Es, pues, el caso que no satisfecho con las noticias que acerca de Inés me dio Juan de Dios, traté de averiguar la verdad y tuve la feliz ocurrencia, mejor dicho, la inspiración, de presentarme en casa de la marquesa, a quien no hallé; mas quiso la Divina Providencia que un criado, conocido mío desde la famosa noche de la representación, me saliera al encuentro, y después de mostrarse muy obsequioso, satisficiera mi curiosidad sobre aquel punto. Según me dijo, el mismo día 3 de mayo se presentó allí un hombre de antiparras verdes, el cual conducía dentro de una litera a cierta joven llorona y al parecer enferma. No encontrando a la señora, preguntó por su hermano, con el cual hubo de conferenciar más de dos horas, después de cuyo tiempo despidiose, dejando a la muchacha en la casa. El hermano de la marquesa, que no era otro que aquel simpático diplomático a quien conocimos en octubre de 1807, partió el día 4 para Córdoba a unirse con su hermana y sobrina, y ¡cosa rara! —decía aquel curioso servidor—, se llevó consigo a la jovenzuela.

—¿De modo que ahora están todos en Córdoba? —le pregunté.

—Sí, y según noticias, no piensan venir hasta que no se acaben estas cosas. Eso de la muchacha que trajeron en la litera ha dado mucho que hablar a la servidumbre, y según dice mi mujer... más vale callar. El hombre aquel de las antiparras verdes había estado ya algunos días aquí, y unas veces la señora condesa, otras su tía, le recibían. Mal hombre parece.

—¿Y la muchacha no hizo resistencia cuando se la quisieron llevar?

—Si parecía muerta; ¿qué resistencia podía hacer? Si tuvimos que cargarla entre dos para ponerla en el coche...

Ignoro si esto que oí y puntualmente refiero, llamará la atención de ustedes, pero lo que sí les ha de causar sorpresa ¡qué digo sorpresa!, asombro grandísimo, es el saber que me atreví a desafiar las iras del licenciado Lobo, del mismo Lobo de marras, no vacilando en arriesgarlo todo por esclarecer más aún que tan hondamente me inquietaba. No queriendo aparecer ni aun en sombra por la aborrecida calle de la Sal, busquelo allá por la alcaldía de Casa y Corte, donde con toda seguridad pensaba encontrarle, y al punto que me vio... No, no es verosímil, no lo van ustedes a creer. ¿Necesitaré jurarlo? Pues lo juro: juro que es la pura verdad... Pues bien: al pronto que me vio, echome los brazos al cuello, demostrando gran interés por mi persona, y no solo me pidió nuevas acerca de mi salud, sino que me rogó le contase algunos pormenores acerca de mi fusilamiento y para él milagrosa resurrección.

Esto me dejó atónito, aunque no tranquilo, pues presumí que tan desusadas blanduras serían obra de su refinada astucia, y preparación de algún nuevo golpe contra mí; pero cuando le pregunté por el estado en que se hallaba el proceso célebre, respondiome que ya no se pensaba en tal cosa, porque como los franceses eran amigos del príncipe de la paz, no convenía molestar a los servidores y amigos de este.

—No quiero —añadió—, que S. A. el Gran Duque se amosque. Aquello fue una broma, y de haberte prendido, al punto hubieras sido puesto en libertad. Pero di, picarón... ¿conque tú eras galán de doña Inés? Cuéntame todo: ¿dónde la conociste? ¡Ah, bien comprendía Requejo que guardaba un tesoro en su casa! Yo lo sabía todo... ¿y tú?, sospecho que también, perillán. Lo que sí no sabías es que a fines del mes de abril se acordó en consejo de familia recoger e identificar a esa jovencita para darle la posición que le corresponde. Como yo estaba al tanto de todo, y además tenía el honor de conocer a la señora marquesa, comprometime a entregarla, haciéndoles creer que había grandes dificultades para arrancarla de casa de los parientes de su supuesta madre. Hijo, es preciso hacer algo por la vida: a fe que es un pobre con mujer, nueve hijos, dos suegras y tres cuñadas; dos suegras, sí señor, la madre y la abuela de mi mujer, y si uno no se da maña para mantener a este familión... La verdad es que a todos les di cordelejo, a don Mauro, al papanatas de Juan de Dios, y a ti mismo, que ahora resucitas para pedirme a Inesita. ¿Pero la amabas tú? Anda, zanguango, cortéjala, a ver si logras casarte con ella, lo cual aunque difícil, no es imposible... la niña tendrá una dote regular y quizás pueda heredar el mayorazgo y el título, lo cual será según el tenor de las escrituras... ¡Ah pelafustán! Me parece que tú traes un proyectillo entre ceja y ceja. ¿Vas a Córdoba? Oye: recuerdo que la palomita te llamaba con exclamaciones muy tiernas, cuando medio muerta la conducíamos en la litera mi pasante y yo. ¡Ja, ja, ja! ¿Sabes de qué me río? De ese ganso de Juan de Dios, que estuvo aquí el otro día, y poniéndose de rodillas delante de mí, me dijo: «¡Deme usted a Inés porque me muero sin ella! ¡Démela usted hoy y máteme mañana!» Fue una comedia, Gabriel, y aunque nos reímos mucho, al fin nos cansó tanto que tuvimos que echarle a palos de la escribanía.

Atención sostenida presté yo a estas y otras muchas razones del licenciado Lobo, el cual para que nada faltara en su inexplicable benignidad y cortesanía, al tiempo de despedirme me dijo que quizás pudiera proporcionarme algunas lecciones de latín, si me hallaba con ánimos, puesto que era tan gran humanista, de ganarme el pan con la enseñanza. Dile las gracias y me retiré tan satisfecho del resultado de mis investigaciones, que el mismo día decidí marchar a Córdoba cuando estuviera restablecido.

¿Me seguirán ustedes, o fatigados de estas aventuras dejarán que marche solo a resolver cuestiones que a nadie interesan más que al que esto escribe? No; espero que no nos separaremos tan a deshora, y cuando parece probable que siguiéndome asistan ustedes a algún espectáculo que les haga más llevadero el fastidio de mis personales narraciones. Vamos, pues, y tengan en cuenta que nos acompaña el señor de Santorcaz, a quien llevan a Andalucía asuntos de familia. Yo le manifesté que deseaba me llevase como escudero; mas él dijo que no tenía con qué pagar mis servicios, porque su bolsa no estaba en disposición de atender a gastos de servidumbre, y que harto se congratularía de llevarme como compañero y amigo. Así fue, en efecto, y como yo necesitara algunos días más de restablecimiento, él me esperó, y en uno de los últimos de mayo o de los primeros de junio, luego que me despedí de mis obsequiosos protectores, correspondiéndoles como pude, y de Juan de Dios, a quien oculté el objeto de mi expedición, nos pusimos en marcha.

V

Como Santorcaz era pobre, y yo más pobre todavía, nuestro viaje fue tan irregular, cual los que en antiguas novelas vemos descritos. No adoptamos sistemáticamente ninguna de las clases de incómodos vehículos conocidos en nuestra España; así es que en varias ocasiones marchábamos en galera, otras en macho, si nos franqueaban sus caballerías los arrieros que tornaban a la Mancha de vacío, y las más veces a pie. Hacíamos noche en las posadas y ventas del camino, donde Santorcaz lucía su prodigiosa habilidad en el no gastar, logrando siempre que se le sirviese bien. Para estas y otras picardías, mi compañero se hacía pasar por un insigne personaje, mandándome que le llamase Su Excelencia, y que me descubriese ante él siempre que nos mirase el mesonero. Yo lo cumplía puntualmente; y con tal artificio, más de una vez, además de no cobrarnos nada, salían a despedirnos humildemente rogándonos que les dispensáramos el mal servicio.

Más allá de Noblejas y Villarrubia de Santiago, y cuando después de una larga jornada sesteábamos, apartados del camino, junto a la ermita del *Santo Niño*, se nos agregó un mozo que nos dijo llevaba el mismo camino que nosotros, y que desde entonces fue nuestro inseparable compañero. Tenía como veinte años; llamábase Andresillo Marijuán, y aunque era natural de Aragón, iba a servir de mozo de mulas a un pueblo de Andalucía, en casa de la señora condesa de Rumblar, su ama y señora, pues en las fincas que esta poseía en tierra de Almunia de Doña Godina, había nacido aquel mancebo. Al punto su genio franco y alegre simpatizó con el mío, y nos hicimos muy amigos. Santorcaz nos trataba con superioridad aunque sin tiranía. Cuando al llegar a una posada cabalgando él en perverso macho y nosotros a pie, íbamos a tenerle el estribo y después a quitarle las espuelas, deshaciéndonos en cumplidos y cortesías, teníamos que apretar los dientes para no soltar la risa. Marijuán, que mejor que yo sabía fingir, era el encargado de ordenar al ventero que le diese al amo lo mejor de la despensa, porque Su Excelencia que iba de Regente a Sevilla, era hombre terrible, y castigaba con fiereza a los posaderos que no le servían bien.

Así atravesamos la Mancha, triste y solitario país donde el Sol está en su reino, y el hombre parece obra exclusiva del Sol y del polvo; país entre todos famoso desde que el mundo entero se ha acostumbrado a suponer la inmensidad de sus llanuras recorrida por el caballo de don Quijote. Es opinión general que la Mancha es la más fea y la menos pintoresca de todas las tierras conocidas, y el viajero que viene hoy de la costa de Levante o de Andalucía, se aburre junto al ventanillo del *wagon*, anhelando que se acabe pronto aquella desnuda estepa, que como inmóvil y estancado mar de tierra, no ofrece a sus ojos accidente, ni sorpresa, ni variedad, ni recreo alguno. Esto es lo cierto: la Mancha, si alguna belleza tiene, es la belleza de su conjunto, es su propia desnudez y monotonía, que si no distraen ni suspenden la imaginación, la dejan libre, dándole espacio y luz donde se precipite sin tropiezo alguno. La grandeza del pensamiento de don Quijote, no se comprende sino en la grandeza de la Mancha. En un país montuoso, fresco, verde, poblado de agradables sombras, con lindas casas, huertos floridos, luz templada y ambiente espeso, don Quijote no hubiera podido existir, y habría muerto en flor, tras la primera salida, sin asombrar al mundo con las grandes hazañas de la segunda.

Don Quijote necesitaba aquel horizonte, aquel suelo sin caminos, y que, sin embargo, todo él es camino; aquella tierra sin direcciones, pues por ella se va a todas partes, sin ir determinadamente a ninguna; tierra surcada por las veredas del acaso, de la aventura, y donde todo cuanto pase ha de parecer obra de la casualidad o de los genios de la fábula; necesitaba de aquel Sol que derrite los sesos y hace locos a los cuerdos, aquel campo sin fin, donde se levanta el polvo de imaginarias batallas, produciendo al transparentar de la luz, visiones de ejércitos de gigantes, de torres, de castillos; necesitaba aquella escasez de ciudades, que hace más rara y extraordinaria la presencia de un hombre, o de un animal; necesitaba aquel silencio cuando hay calma, y aquel desaforado rugir de los vientos cuando hay tempestad; calma y ruido que son igualmente tristes y extienden su tristeza a todo lo que pasa, de modo que si se encuentra un ser humano en aquellas soledades, al punto se le tiene por un desgraciado, un afligido, un menesteroso, un agraviado que anda buscando quien lo ampare contra los opresores y tiranos; necesitaba, repito, aquella total ausencia de obras humanas que representen el positivismo, el sentido práctico, cortapisas de la imaginación, que la detendrían en su insensato vuelo; necesitaba, en fin, que el hombre no pusiera en aquellos campos más muestras de su industria y de su ciencia que los patriarcales molinos de viento, los cuales no necesitaban sino hablar, para asemejarse a colosos inquietos y furibundos, que desde lejos llaman y espantan al viajero con sus gestos amenazadores.

VI

Tal es la Mancha. Al atravesarla no podía menos de acordarme de don Quijote, cuya lectura estaba fresca en mi imaginación. Durante nuestras jornadas nos aburríamos bastante, menos cuando Santorcaz nos contaba algún extraordinario suceso de los muchos que en lejanos países había presenciado. Una vez nos dejó con la boca abierta contándonos la fiesta de la coronación de Bonaparte, con todos sus pelos y señales, y otra nos puso los pelos de punta refiriendo la más famosa batalla de las muchas en que se había encontrado. Cuando nos hizo el cuento, íbamos caballeros en sendos machos que nos facilitaron por poco dinero unos arrieros de Villarta, y no estoy seguro si habíamos traspasado ya el término de Puerto Lápice o íbamos a entrar en él. Lo que sí recuerdo es que por huir del calor, emprendimos nuestra jornada mucho antes de la salida del Sol, y que la noche estaba brumosa, el cielo encapotado y sombrío, la tierra húmeda, a consecuencia del fuerte temporal de agua que descargara el día anterior.

Debo indicar el paisaje que teníamos delante, porque no menos que la pintoresca relación de Santorcaz, contribuyó aquel a impresionar mis sentidos. El camino seguía en línea recta ante nosotros: a la izquierda elevábanse unos cerros cuyas suaves ondulaciones se perdían en el horizonte formando dilatadas curvas: en el fondo y muy lejos se alcanzaba a ver una colina más alta, en cuya falda parecían distinguirse las casas de un pueblo: a la derecha el suelo se extendía completamente llano, y en su inmensa costra la tarda corriente de un arroyo y el agua de la lluvia, formaban multitud de pequeños charcos, cuyas superficies, iluminadas por la Luna, ofrecían a la vista la engañosa perspectiva de una gran laguna o pantano. He hablado de la Luna, y debo añadir que aquel astro, desfigurador de las cosas de la tierra, prestaba imponente solemnidad al desnudo y solitario paisaje, esclareciéndolo o dejándolo a oscuras alternativamente, según que daban paso o no a sus pálidos rayos, los boquetes, desgarrones y acribilladuras de las nubes.

Santorcaz, después de un rato de silencio y meditación, contuvo su cabalgadura, parose en mitad del camino y contemplando con cierto arrobamiento el horizonte lejano, las colinas de la izquierda y los charcos de la derecha, habló así:

—Estoy asombrado, porque nunca he visto dos cosas que tanto se parezcan como este país a otro muy distante donde me encontraba hace tres años a esta misma hora, en la madrugada del 2 de diciembre. ¿Es mi imaginación la que me reproduce las formas de aquel célebre lugar, o por arte milagrosa nos encontramos en él? Gabriel, ¿no hay enfrente y hacia la derecha unos grandes pantanos? ¿No se ven a la izquierda unos cerros que terminan en lo alto con un pequeño bosque? ¿No se eleva delante una colina en cuya falda blanquea un pueblecillo? Y aquellas torres que distingo al otro lado de dicha colina ¿no son las del castillo de Austerlitz?

Marijuán y yo nos reímos, diciéndole que se le quitaran de la cabeza tales cosas, y que si bien lo de los charcos era cierto, por allí no había ningún castillo de Terlín ni nada parecido. Pero él poniendo al paso la cabalgadura y mandándonos que le siguiéramos uno a cada lado, continuó hablando así:

—Muchachos, no puedo olvidar aquella célebre jornada, que llamamos de los Tres Emperadores, y que es sin duda la más sangrienta, la más gloriosa, la más hábil con que ha ilustrado su nombre el gran tirano, ese hombre casi divino, a quien ahora puedo nombrar a boca llena, porque no nos oyen más que el cielo y la tierra. Os contaré, muchachos, para que sepáis lo que es el hacha de la guerra en manos de ese leñador de Europa. Yo me hallaba en París sin recursos después de haber sido sucesivamente maestro de latín, pintor de muestras, corista en Ventadour, espadachín, servidor de los emigrados de Coblenza, postillón de diligencias, carbonero y cajista de imprenta, cuando senté plaza en el ejército de Boulogne, destinado a dar un golpe de mano contra Inglaterra... Cuando el Emperador nos trasladó de improviso y sin revelar su pensamiento al centro de Europa, estábamos un tanto amoscados porque las violentas marchas nos mortificaban mucho, y como éramos unos zopencos, no comprendíamos los grandes planes de nuestro jefe. Pero después de la capitulación de Ulm, nos creíamos los primeros soldados del mundo, y al hablar de los austriacos, de los prusianos y de los rusos, nos reíamos de ellos, juzgándolos hasta indignos de nuestras balas. Cuando pasamos el Inn ya presumíamos que se preparaban grandes cosas: al internarnos en la Moravia, después de la acción de Hollabrünn, comprendimos que el ejército ruso-austriaco nos iba a presentar batalla formal. Lo que no estaba reservado a nuestras cabezas era el discurrir si tomaríamos la ofensiva o si operaríamos a la defensiva. Pero la gran cabeza, aquella que tiene un mechón en la frente y el rayo en el entrecejo, lo iba a decidir bien pronto.

A este punto llegaba, cuando el camino por que marchábamos torció hacia la derecha describiendo una gran vuelta, de modo que formaba ángulo recto con su primitiva dirección. Santorcaz, nuevamente alucinado, con aquello que parecía para él extraordinaria coincidencia, prosiguió así:

—¿Pero no es este el camino de Olmutz? Gabriel: o esto es aquello mismo, o se le parece como una gota a otra gota. Mira, ahora tenemos enfrente los pantanos de Satzchan y a nuestra izquierda la colina de Pratzen. Mira hacia allá. ¿No se oye ruido de tambores? ¿No se ven algunas luces? Pues allí están los rusos y los austriacos. ¿Sabes cuál es su intención? Pues quieren cortarnos el camino de Viena, para lo cual tendrán que bajar de la colina de Pratzen y situarse entre nuestra derecha y los pantanos. ¡Mira si son estúpidos! Eso precisamente es lo que quiere el Emperador y todo lo dispone de modo que parezca que nos retiramos hacia Viena. Figúrate que aquí está nuestro ejército, compuesto de setenta mil hombres, cuyo inmenso frente ocupa todas las colinas de la izquierda, el camino y parte de la llanura que hay a la derecha. El Emperador, después de llenarse las narices de tabaco, sale a media noche a recorrer el campo, y observar los movimientos del enemigo. ¿Veis?, por allí va. ¿No se oyen las pisadas de su caballo, y los gritos de entusiasmo con que le saludan los soldados? ¿No se ve el resplandor de las hogueras que encienden a su paso? ¿Pero ustedes no ven todo esto? Bah. Es ilusión mía, pero de tal modo aviva mis recuerdos la similitud del paisaje, que me parece ver y oír lo que estoy contando... Pero querréis saber cómo fue que vencimos a los rusos y a los austriacos, y os lo voy a referir. Al amanecer ¡oh chiquillos!, los rusos bajaban maquinal-mente por aquella alta colina de enfrente, con objeto de venir hacia nuestra derecha para cortarnos el camino. No olvidéis que aquí delante tenemos un arroyo que viene serpenteando de izquierda a derecha hasta perderse en los pantanos. El Emperador manda que la derecha pase el arroyo, y verifi-cado esto, los rusos la atacan. El centro, mandado por Soult y la izquierda por Lannes, ansiaban entrar en fuego; pero el Emperador contenía el ardor de aquellos generales, para aguardar a que los rusos acabasen de cometer el desatino de bajar de las alturas de Pratzen para meterse en la madre del arroyo de Golbasch. Os explicaré bien. Allá en lontananza y al pie de la loma están las aldeas de Telnitz y Sokolnitz...

—Si aquí no hay tales aldeas, señor —interrumpió Marijuán, indócil a la mistificación.

—Necio, ¿querrás callar? —continuó el francmasón—. Yo sé lo que me digo, y es que todo el afán de Napoleón después que vio bajar a los rusos, consistía en tomar aquellas aldeas para luego apoderarse de la loma que tenemos enfrente. ¿No le veis? Pues bien; los generales Soult y Lannes partieron al galope para dirigir las operaciones del centro y de la izquierda. Yo pertenecía al centro, y estaba en el 17 de línea y a las órdenes de Vandamme. Avanzamos hacia el arroyo: ¿veis?, fuimos por aquí a toda prisa.

—Si aquí no hay tal arroyo —dijo Marijuán riendo—. Usted sí que tiene la cabeza llena de arroyos y aldeas, y derechas e izquierdas.

—Llegamos a la aldea de Telnitz y allí comenzó el ataque —continuó imperturbablemente Santorcaz—. En la loma quedaban todavía veintisiete batallones de infantería rusa y austriaca, mandados en persona por los dos Emperadores y por el general en jefe ruso Kutusof. ¡Ah, muchachos, si hubierais visto aquello! Mirad hacia enfrente, pues desde aquí se distingue muy bien la posición que respectivamente teníamos, ellos encima, nosotros debajo... Al principio nos acribillaban; pero Soult nos manda subir a todo trance, y subimos desafiando la lluvia de balas. Para ayudarnos, el general Thiebault, que pertenecía a la división de Saint-Hilaire, refuerza nuestra derecha con doce piezas de artillería que bien disparadas hacen grandes claros en las filas enemigas. Estas tienen al fin que retroceder al otro lado de la loma. ¿Veis aquel repecho que hay a la izquierda? Pues allí fue el 17 de línea. Piquemos nuestras caballerías y nos hallaremos en el mismo sitio. Estúpidos, ¿no os entusiasmáis con estas cosas? Mira, Gabriel, ya estamos subiendo: esta es la loma que veíamos desde lejos: este repecho que miráis a la izquierda es el repecho de Stari-Winobradi, a donde el general Vandamme nos condujo. ¿Pero creéis que era cosa de juego? El repecho estaba defendido por numerosas tropas rusas, y una formidable artillería. La cosa era peliaguda; pero cuando los generales dicen *adelante, adelante*, no es posible resistir, y aunque del 17 de línea no quedamos más que la tercera parte para contarlo, ayudados por el 24 de ligeros, tomamos al fin el repecho, apoderándonos de la artillería. Los rusos se desbandaron por el otro lado de la loma, dirigiéndose hacia aquel caserío que a lo lejos clarea a la luz de la Luna y que no es otro que el castillo de Austerlitz.

Marijuán reventaba de hilaridad. Yo, a mi vez, no pude menos de hacer alguna observación al narrador, diciéndole:

—Señor de Santorcaz, allá no se ve ningún castillo, como no sea que se le antoje fortaleza la cabaña de algún pastor de carneros, únicos rusos que andan por estos lugares.

—Tú sí que no sabes lo que te dices —prosiguió Santorcaz deteniendo su macho en medio del camino—. Os seguiré contando. Mientras los del centro hacíamos lo que habéis oído, allá por la izquierda, en esa tierra llana que tenemos a este lado, la caballería cargaba portentosamente al mando de Lannes y Murat. Francamente, rapaces, de esto poco os puedo hablar, porque caí herido: por un buen rato se me pusieron ciertas telarañas ante los ojos, y mis oídos no percibían sino un vago zumbido. Pero ahí hacia la derecha se remataba a los rusos y austriacos del modo más admirable. ¿No veis los pantanos de Satzchan? A lo lejos brilla su engañosa superficie: están helados, y los rusos, impelidos por Soult, se precipitan sobre ellos. En el acto el Emperador manda que la artillería de la guardia dispare algunos cañonazos sobre el hielo para que se hunda, y entre los desmenuzados cristales, caen al agua dos mil rusos con sus cañones, caballos, pertrechos, armas, municiones y carros, precipitándose confusamente, sin que sus compañeros les prestaran socorro, porque no pensaban más que en huir, y huyendo se ahogaban, y quedándose morían barridos por la metralla francesa. ¡Qué espantoso desastre para aquella pobre gente, y qué gran victoria para nosotros! Estábamos locos de entusiasmo. ¡Pero qué veo! Gabriel, y tú, Marijuán, ¿no os entusiasmáis? Sois unos gaznápiros. Aquello fue prodigioso. Solo entramos en fuego cuarenta mil hombres, y merced a las hábiles disposiciones del gran tirano, derrotamos a noventa mil aliados, matándoles o ahogando quince mil, cogiendo veinte mil prisioneros y ciento veinte cañones. ¿No había motivo para que nos volviéramos locos con nuestro jefe? ¡Ah, muchachos, si hubierais estado allí cuando recorrió el campo de batalla mandando recoger los heridos! Creo que hasta los muertos se levantaban para gritar «¡viva el Emperador!», y cuando a la noche siguiente encendimos una gran hoguera, en este mismo sitio donde ahora estamos, y vino él a situarse allí enfrente para recibir al Emperador de Austria, parecía un Dios rodeado de aureola de fuego y teniendo al alcance de su mano los rayos con que destruía tronos y reyes, imperios y coronas.

Marijuán y yo nos reíamos; pero pronto nos fue forzoso disimular nuestra hilaridad, porque habiendo preguntado el joven aragonés con mucha sorna que cuál fue la ventaja sacada de tal lucha, Santorcaz se amoscó, y amenazando castigarnos si no nos entusiasmábamos como él, nos dijo:

—Mentecatos, podencos; ¿acaso la paz y tratado de Presburgo es paja? Prusia quedó aliada de Francia, perdiendo Austria el apoyo de su hermana. Austria abandonó a Francia el estado de Venecia y cedió el Tirol a Baviera, reconociendo al mismo tiempo la soberanía de los electores de Baviera, Wurtemberg y Baden, después de pagar a Francia cuarenta millones de indemnización de guerra. Al mismo tiempo, pedazos de alcornoque, por el tratado de Schoenbrunn, Francia cedió a Prusia el Hannover, Prusia cedió a Baviera el marquesado de Anspach y a Francia el principado de Neufchatel y el ducado de Cleves.

Marijuán y yo volvimos a mirarnos y nos volvimos a reír, lo cual, advertido por Santorcaz, fue causa de que este nos sacudiera un par de latigazos, que a ser repetidos, nos habrían obligado a defendernos, haciendo allí mismo un segundo Austerlitz. Más bien estábamos para burlas que para veras, y Marijuán especialmente, no dejaba pasar coyuntura alguna en que pudiera zaherir a nuestro compañero; así es, que habiendo acertado a encontrar un rebaño de ovejas y cabras, dijo el aragonés:

—Apartémonos aquí junto al charco para ver de derrotar a estos austriacos y rusiacos, que vienen mandados por el tío Parranclof, Emperador del Zurrón y rey de los guarros, y subamos a la loma de la Panza para quitarles la artillería y hacerles meter en el castillo.

Yo en tanto, acordándome de don Quijote, contemplaba el cielo, en cuyo sombrío fondo las pardas y desgarradas nubes, tan pronto negras como radiantes de luz, dibujaban mil figuras de colosal tamaño y con esa expresión que sin dejar de ser cercana a la caricatura, tiene no sé qué sello de solemne y pavorosa grandeza. Fuera por efecto de lo que acababa de oír,

fuera simplemente que mi fantasía se hallase por sí dispuesta a la alucinación que siempre produce un bello espectáculo en la solitaria y muda
noche, lo cierto es que vi en aquellas irregulares manchas del cielo veloces
escuadrones que corrían de Norte a Sur; y en su revuelta masa las cabezas
de los caballos y sus poderosos pechos, pasando unos delante de otros, ya
blancos, ya negros, como disputándose el mayor avance en la carrera. Las
recortaduras, varias hasta lo infinito, de las nubes, hacían visajes de distintas
formas, de colosales sombreros o morriones con plumas, penachos, bandas,
picos, testuces, colas, crines, garzotas; aquí y allí se alzaban manos con
sables y fusiles, banderas con águilas, picas, lanzas, que corrían sin cesar;
y al fin, en medio de toda esa barahúnda, se me figuró que todas aquellas
formas se deshacían, y que las nubes se conglomeraban para formar un
inmenso sombrero apuntado de dos candiles, bajo el cual los difuminados
resplandores de la Luna como que bosquejaban una cara redonda y hundida
entre las altas solapas, desde las cuales se extendía un largo brazo negro,
señalando con insistente fijeza el horizonte.

Yo contemplaba esto, preguntándome si la terrible imagen estaba realmente ante mis ojos, o dentro de ellos, cuando Santorcaz exclamó de improviso:

—Miradle, miradle allí. ¿Le veis? ¡Estúpidos!, ¡y queréis luchar con este
rayo de la guerra, con este enviado de Dios que viene a transformar a los
pueblos!

—Sí, allí lo veo —exclamó Marijuán, riendo a carcajadas—. Es don Quijote
de la Mancha que viene en su caballo, y seguido de Sancho Panza. Déjenlo
venir, que ahora le aguarda la gran paliza.

Las nubes se movieron, y todo se tornó en caricatura.

VII

El Sol no tardó en salir aclarando el país y haciendo ver que no estábamos en Moravia, como vamos de Brunn a Olmutz, sino en la Mancha, célebre tierra de España.

El pueblo donde paramos a eso de las ocho de la mañana era Villarta, y dejando allí nuestros machos, tomamos unas galeras que en nueve horas nos hicieron recorrer las cinco leguas que hay desde aquel pueblo a Manzanares: ¡tal era la rapidez de los vehículos en aquellos felices tiempos! Cuando entrábamos en esta villa al caer de la tarde, distinguimos a lo lejos una gran polvareda, levantada al parecer por la marcha de un ejército, y dejando los perezosos carros, entramos a pie en el pueblo para llegar más pronto, y saber qué tropas eran aquellas y a dónde iban.

Allí supimos que eran las del general Ligier-Belair que iba a auxiliar el destacamento de Santa Cruz de Mudela, sorprendido y derrotado el día anterior por los habitantes de esta villa. En la de Manzanares reinaba gran desasosiego, y una vez que los franceses desaparecieron, ocupábanse todos en armarse para acudir a auxiliar a los de Valdepeñas, punto donde se creía próximo un reñido combate. Dormimos en Manzanares, y al siguiente día, no encontrando ni cabalgaduras ni carro alguno, partimos a pie para la venta de la Consolación, donde nos detuvimos a oír las estupendas nuevas que allí se referían.

Transitaban constantemente por el camino paisanos armados con escopetas y garrotes, todos muy decididos, y según la muchedumbre de gente que acudía hacia Valdepeñas, en Manzanares, y en los pueblos vecinos de Membrilla y la Solana no debían de quedar más que las mujeres y los niños, porque hasta algunos inútiles viejos acudían a la guerra. Por último, resolvimos asistir nosotros también al espectáculo que se preparaba en la vecina villa, y poniéndonos en marcha, pronto recorrimos las dos leguas de camino llano: mucho antes de llegar divisamos una gran columna de negro humo que el viento difundía en el cielo. La villa de Valdepeñas ardía por los cuatro costados.

Apretando el paso, oímos ya cerca del pueblo prolongado rumor de voces, algunos tiros de fusil, pero no descargas de artillería. Bien pronto nos fue imposible seguir por el arrecife, porque la retaguardia francesa nos lo impedía, y siguiendo el ejemplo de los demás paisanos, nos apartamos del camino, corriendo por entre las viñas y sembrados, sin poder acercarnos a la villa. En esto vimos que la caballería francesa se retiraba del pueblo, ocupando el llano que hay a la izquierda, y al mismo tiempo el incendio tomaba tales proporciones, que Valdepeñas parecía un inmenso horno. Los gritos, los quejidos, las imprecaciones que salían de aquel infierno, llenaban de espanto el ánimo más esforzado.

Al punto comprendimos que el interior del pueblo se defendía heroicamente, y que el plan de los franceses consistía en apoderarse de los extremos, incendiando todas las casas que no pudieran ocupar. De vez en cuando un estruendo espantoso indicaba que alguno de los endebles edificios de adobes había venido al suelo, y el polvo se confundía en los aires con el humo. Los escombros sofocaban momentáneamente el fuego; pero este surgía con más fuerza, cundiendo a las casas inmediatas. Al fin pareció que todo iba a cesar, y, según dijeron los que estaban más cerca, habían salido del pueblo algunos hombres a conferenciar con el general francés. Mucho tiempo debieron de durar las conferencias, porque no vimos que estos se retiraran ni que concluyese el ruido y algazara en el interior; pero al cabo de largo rato un movimiento general de la multitud nos indicó que algo importante ocurría. En efecto, los franceses, replegando sus caballos en la calzada, retrocedían hacia Manzanares.

Cuando entramos en Valdepeñas, el espectáculo de la población era horroroso. Parece increíble que los hombres tengan en sus manos instrumentos capaces de destruir en pocas horas las obras de la paciencia, de la laboriosidad, del interés acumuladas por el brazo trabajador de los años y los siglos. La calle Real, que es la más grande de aquella villa, y, como si dijéramos, la columna vertebral que sirve a las otras de engaste y punto de partida, estaba materialmente cubierta de jinetes franceses y de caballos. Aunque la mayor parte eran cadáveres, había muchos gravemente heridos, que pugnaban por levantarse; pero clavándose de nuevo en las agudas puntas del suelo, volvían a caer. Sabido es que bajo las arenas que artificiosamente cubrían el pavimento de la vía, el suelo estaba erizado de clavos y picos de hierro, de tal modo que la caballería iba tropezando y cayendo conforme entraba, para no levantarse más.

A la calle se habían arrojado cuantos objetos mortíferos se creyeron convenientes para hostilizar a los dragones, y aun después del combate surcaban la arena turbios arroyos de agua hirviendo, que, mezclada con la sangre, producía sofocante y horrible vapor. En algunas ventanas vimos cadáveres que pendían medio cuerpo fuera y apretando aún en sus crispados dedos el trabuco o la podadera. En el interior de las casas que no eran presa de las llamas, el espectáculo era más lastimoso, porque no solo los hombres, sino las mujeres y los niños, aparecían cosidos a bayonetazos en las cuevas, y a veces cuando se trataba de entrar en alguna casa por dar auxilio a los heridos que lo habían menester, era preciso salir a toda prisa, abandonándolos a su desgraciada suerte, porque el fuego, no saciado con devorar la habitación cercana, penetraba en aquella con furia irresistible.

En resumen, franceses y españoles se habían destrozado unos a otros con implacable saña; pero al fin aquellos creyeron prudente retirarse, como lo hicieron, no parando hasta Madridejos. Cuando Santorcaz, Marijuán y yo seguimos nuestra marcha, para hacer noche en Santa Cruz de Mudela, el espíritu de los valerosos paisanos de Valdepeñas no había decaído, y tratando de reparar los estragos de aquella sangrienta jornada, parecían capaces de repetirla al siguiente día.

De lejos y al caer de la tarde distinguíamos la columna de humo, cubriendo el cielo de vagabundas y sombrías ráfagas, y el aragonés y yo no pudimos menos de maldecir en voz alta y expresivamente al tirano invasor de España. Contra lo que esperábamos, Santorcaz no nos contestó una palabra, y seguía su camino profundamente pensativo.

VIII

Al pasar la sierra, me reconocí completamente sano de mi anterior enfermedad. La influencia sin duda de aquel hermoso país, el vivo Sol, el viaje, el ejercicio equilibraron al punto las fuerzas de mi cuerpo, y respiraba con desahogo, andaba con energía, sin sentir malestar alguno en mis heridas. Todo rastro de dolor o debilidad desapareció, y me encontré más fuerte que nunca. Nada de particular hallamos durante nuestro tránsito por las nuevas poblaciones, a no ser la alarma, la inquietud y los preparativos de defensa. En la Carolina y en Santa Elena escaseaban mucho los hombres, porque la mayor parte habían ido a incorporarse a la legión formada por don Pedro Agustín de Echévarri, legión cuya base fueron los valerosos contrabandistas del país. Quedaba, no obstante, en los desfiladeros de Despeñaperros bastante gente para detener todos o la mayor parte de los correos, y en varios puntos, apostadas las mujeres o los chiquillos en lo escabroso de aquellas angosturas, avisaban la proximidad del convoy para que luego cayeran sobre él los hombres. También advertimos gran abandono en los primeros campos de pan que se ofrecieron a nuestra vista; y en algunos sitios las mujeres se ocupaban en segar a toda prisa los trigos todavía lejos de sazón. Cerca de Guarromán vimos grandes sementeras quemadas, señal de que había comenzado allí su oficio la horrible tea invasora.

Hasta entonces no había ocurrido ninguna colisión sangrienta entre los imperiales y los andaluces. Estos, al ver que de improviso por entre los romeros y lentiscos de la sierra a aquellos soldados de la fábula, tan hermosos y al mismo tiempo tan justamente engreídos de su valor, no volvieron de su asombro sino cuando los vieron desaparecer camino de Córdoba, y solo entonces, sintiendo requemadas sus mejillas por generosa vergüenza, cayeron en la cuenta de que el suelo patrio no debía ser hollado por extranjeras botas. Los franceses encontraron el país tranquilo, y creyeron llegar felizmente a Cádiz; pero bajo las herraduras de sus caballos iba naciendo la yerba de la insurrección. Aquellos caballos no eran como el de Atila, que imprimía sello de muerte a la tierra, sino que por el contrario, sus pisadas, como un toque de rebato, iban despertando a los hombres y convocándolos detrás de sí.

Llegamos por último a Bailén, y explicaré por qué nos detuvimos en esta villa algunos días. Allí residía el ama de Marijuán, quien al presentarse a ella nos rogó que le acompañásemos, y esta apreciable señora que era doña María Castro de Oro, de Afán de Ribera, condesa de Rumblar, nos recibió con tanto agasajo, nos ponderó de tal modo la ruindad de las posadas y ventas de la villa, que no tuvimos por conveniente hacernos de rogar, y aceptamos la hospitalidad que se nos ofrecía. La casa era grandísima y no faltaba hueco para nosotros, ni tampoco excelente comida y bebida de lo más selecto de Montilla y Aguilar.

—A estas horas —nos dijo la condesa— los franceses deben de haber empeñado una acción con el ejército de paisanos que dicen salió de Córdoba para defender el paso del puente de Alcolea. Si ganan los españoles, los franceses retrocederán hacia Andújar, y como han de estar muy rabiosos, cometerán mil atrocidades en el camino. No conviene que salgan ustedes de aquí, a no ser que tengan intención, como mi hijo, de incorporarse al ejército que se está formando en Utrera.

No eran necesarias tantas razones para convencernos. Nos quedamos, pues, en la ilustre casa; y ahora, señores míos, con todo reposo voy a contaros puntualmente lo que recuerdo de aquella mansión y de sus esclarecidos habitantes, destinados a figurar bastante en la historia que voy refiriendo.

El palacio de Rumblar era un caserón del siglo pasado, de feísimo aspecto en su exterior, pero con todas las comodidades interiores que alcanzaban los tiempos. Las altas paredes de ladrillo, las rejas enmohecidas y rematadas en pequeñas cruces, los dos escudos de piedra oscura que ocupaban las enjutas de la puerta, cuyo marco apainelado y con vuelta de cordel, parecía remontarse a fecha más antigua que el resto de la casa; las dos ventanas angreladas junto a un mirador moderno; el farol sostenido por pesada armadura de hierro dulce, en cuyo centro se retorcían algunas letras iniciales y una corona dibujadas con las vueltas del lingote; las guarniciones jalbegadas alrededor de los huecos; sus pequeños vidrios, sus celosías, y la diversidad y variedad de aberturas practicadas en el muro, según las exigencias del interior, le asemejaban a todas las antiguas mansiones de nuestros grandes, bastante desprendidos siempre para gastar en la fábrica de los conventos el gusto y el dinero que exigían las fachadas de sus palacios. Por dentro resplandecía el blanco aseo de las casas de Andalucía. Tenía gran sala baja, capilla, patio con flores, habitaciones con zócalo de azulejos amarillos y verdes, puertas de pino lustradas y chapeadas, gran número de arcones, muchas obras de estalle, cuadros viejos y nuevos, algunas jaulas de pájaros, finísimas esteras, y sobre todo, una tranquilidad, un reposo y plácido silencio que convidaban a residir allí por mucho tiempo.

Hablemos ahora de la familia de Afán de Ribera, o Perafán de Ribera, que en esto no están acordes los cronistas. Ocupará el primer lugar en esta reverente enumeración la señora condesa viuda doña María Castro de Oro de Afán, etc., aragonesa de nacimiento, la cual era de lo más severo, venerando y solemne que ha existido en el mundo. Parecía haber pasado de los cincuenta años, y era alta, gruesa, arrogante, varonil: usaba para leer sus libros devotos o las cuentas de la casa, unos grandes espejuelos engastados en gruesa armazón de plata, y vestía constantemente de negro, con traje que a las mil maravillas convenía a su cara y figura. Aquella y esta eran de las que tienen el privilegio de no ser nunca olvidadas, pues su curva nariz, sus cabellos entrecanos, su barba echada hacia afuera y la despejada y correcta superficie de su hermosa frente, hacían de ella un tipo cual no he visto otro. Era la imagen del respeto antiguo, conservada para educar a las presentes generaciones.

Tendrá el segundo lugar su hijo, joven de veinte años, niño aún por sus hábitos, su lenguaje, sus juegos y su escasa ciencia. Era el único varón, y por tanto el mayorazgo de aquella noble casa, cuyo origen, como el del majestuoso Guadalquivir, se remontaba a las fragosidades de la Sierra de Cazorla, donde los primeros Afán de Ribera hicieron no sé qué hazañas durante la conquista de Jaén. El joven don Diego Hipólito Félix de Cantalicio había sido educado conforme a sus altos destinos en el mundo, bajo la dirección de un ayo, de que después hablaremos, y aunque era voluntarioso y propenso a sacudir el cascarón de la niñez, así como a arrastrar por el polvo de la travesura juvenil el purpúreo manto de la primogenitura, su madre lo tenía metido en un puño, como suele decirse, y ejercía sobre él todos los rigores de su carácter. Verdad es que el muchacho, con su instinto y buen ingenio, había descubierto un medio habilísimo para atacar la severidad materna, y era que cuando su ayo o la condesa no le hacían el gusto en alguna cosa, poníase los puños en los ojos, comenzaba a regar con pueriles lágrimas los veinte años de su cuerpo y exclamaba: «Señora madre, yo me quiero meter fraile.» Estas palabras, esta resolución del muchachuelo, que de ser llevada adelante, troncharía implacablemente el frondoso árbol mayorazguil, difundía el pánico por todos los ámbitos de la casa. Procuraban todos aplacarle, y la madre decía: «No seas loco, hijo mío. Vaya, puedes montarte a caballo en la viga del patio, y te permito que le pongas al gato las cáscaras de nuez en sus cuatro patitas.»

A estos dos personajes seguirán forzosamente las dos hijas de la marquesa; dos pimpollos, dos flores de Andalucía, lindas, modestas, pequeñas, frescas, sonrosadas, alegres, sin pretensiones a pesar de su nobleza, rezadoras de noche y cantadoras por la mañana; dos avecillas que encantaban la vista con el aleteo de su inocente frivolidad y de cierta ingenua coquetería, de ellas mismas ignorada. Eran pequeñas como el reseda; pero como el reseda tenían la seducción de un perfume que se anuncia desde lejos, pues al sentirles los pasos se alegraba uno, y su proximidad era aspirada con delicia. Asunción y Presentación eran dos angelitos con quienes se deseaba jugar para verles reír y para reírse uno mismo del grave gesto con que enmascaraban sus lindas facciones cuando su madre les mandaba estar serias. La de menor edad era destinada al claustro, y mientras halagaba a doña María la grandiosa idea de ponerla en las Huelgas de Burgos, se acordó que tomara las lecciones necesarias para ser doctora, por lo cual el ayo de su hermano le había empezado a enseñar la primera declinación latina, que aprendió en un periquete, encontrando aquello muy bonito. La primera, esto es, Asunción, no tenía necesidad de aprender nada, porque era destinada al matrimonio.

Y por último, no quiero dejar en la oscuridad al ayo del joven don Diego. Llamábanle comúnmente don Paco y era un varón de gran sencillez y moderación en sus costumbres, aunque algo pedante. Estaba él convencido de que sabía latín, y citaba a veces los autores más célebres, aplicándoles lo que estos desgraciados no pensaron nunca en decir. ¡A tales imputaciones calumniosas está expuesta la celebridad! También se preciaba don Paco de enseñar acertadamente la historia antigua y moderna a sus discípulos, aunque nosotros sabemos por documentos de autenticidad incontestable que en sus explicaciones nunca pasó más acá del arca de Noé. Era, sí, muy fuerte en la vida de Alejandro el Grande, y podemos asegurar que poseía en altísimo grado un arte, que no a todos los mortales es dado cultivar con regular acierto. Don Paco era un gran pendolista, que pudiera competir con esos colosos de la caligrafía, Torío el sublime y Palomares el divino, y hasta con el moderno Iturzaeta; habilidad que en parte había transmitido a su discípulo, pues las planas del heredero de Rumblar llenaban de admiración al señor obispo de Guadix, cuando iba a pasar unos días en la casa. Además, don Paco era un hombre excelente, y temblaba de miedo delante de la condesa, cuando esta le achacaba las faltas del niño. Vestía de negro y siempre en traje ceremonioso, aunque no nuevo, usando asimismo peluca blanca, rematada en descomunal bolsa. A los forasteros huéspedes nos trataba con mucha dulzura porque la hospitalidad —decía— fue don particular de los pueblos antiguos, y debe ser practicada por los presentes para enseñanza de los venideros.

IX

El patrimonio de aquella casa era bueno, aunque muy inferior al de otras familias de Andalucía y de Castilla; pero doña María contaba con que sería de los primeros de España luego que su hijo heredase el mayorazgo de unos parientes por línea colateral, que carecían de sucesión directa. Para facilitar esto, doña María concibió un proyecto gigantesco, del cual dependía, como el lector verá, la perpetuidad de aquella casa y linaje y solar ilustre por el largo discurso de los siglos; trató de casar a su hijo con una hembra de la familia de aquellos sus parientes, a la sazón poseedores del mayorazgo, y residentes en Córdoba, aunque su habitual morada era Madrid. No era obstáculo para esto la niñez más bien moral que física de don Diego, pues siendo entonces costumbre emparentar lo más pronto posible a los mayorazgos, los casaban fresquitos y antes que tuvieran tiempo de asomar las narices por las rehendijas de la puerta del mundo, donde al decir de don Paco, no había sino perdición y desvanecimiento para la juventud, porque las dulzuras de la copa de los placeres duraban breves instantes, mientras que sus amargas heces trascendían por luengos años.

Pero alguien desconcertó o aplazó al menos los planes sabiamente trazados por doña María y sus ilustres primas; desconcertolos Napoleón, Emperador de los franceses, al poner sus ojos en esta joya del continente y al invadirla. La guerra, aquella santa guerra de que no nos muestra otro ejemplo la historia en tiempos cercanos, obligó a suspender este como otros proyectos, y doña María, que era aragonesa y muy patriota, hubo de llamar a don Diego, y desde lo alto de su sitial le aterró con estas palabras, confiadas después a mi discreción por don Paco:

—Hijo mío, mucho te quiero. Tu muerte no solo nos mataría de pena, sino que aniquilaría nuestra casa y linaje. Eres mi único varón, eres el alma de esta casa, y sin embargo, es preciso que vayas a la guerra. Sangre valerosa corre por tus venas y estoy bien segura de que a pesar de tus pocos años dejarás en buen lugar el nombre que llevas. Todos los jóvenes se deben a su rey y a su patria en estos terribles días en que un miserable extranjero se atreve a conquistar a España. Hijo mío, mucho te amo; pero prefiero verte muerto en los campos de batalla y pisoteado por los caballos franceses, a que se diga que el hijo del conde de Rumblar no disparó un tiro en defensa de su patria. Los hijos de todas las familias nobles de Andalucía se han alistado ya en el ejército de Castaños; tú irás también, con un séquito de criados, que armaré y mantendré a mis expensas mientras dure la guerra.

Al decir esto, la marmórea cara de doña María no se inmutó; pero Asunción y Presentación lloraron a moco y baba. El joven palpitó de entusiasmo al verse enviado a tomar parte en un juego que no conocía, y que visto de lejos es muy bonito.

Nosotros llegamos precisamente cuando se estaban haciendo los preparativos y el equipo de guerra del mayorazgo. Todos trabajaban en aquella casa, y no eran las menos atareadas las hermanitas del señor conde, porque a más de la delicadísima ropa blanca que con sus propias manos y bajo la inspección de su madre aparejaron, poniéndola con mucho orden en las gruperas, se ocupaban a toda prisa en arreglar unos muy lindos escapularios, no solo para él, sino para todos los de la comitiva.

No sé qué tenían aquellos preparativos de semejante con los que se hacen para mandar a un chico al colegio: verdad es que nada hay tan instructivo y despabilador como un campamento, y por eso decía don Paco que la guerra es maestra del ingenio y domeñadora de las impetuosidades juveniles.

Marijuán fue destinado a acompañar al señorito. Con él y otros criados formose una legioncilla de cinco hombres; mas sabedora doña María de que otros jóvenes de familias ricas de Baeza, Bujalance y Andújar habían llevado hasta diez, mandó que se aumentara aquel número, fijándose al instante en Santorcaz y en mí. Se nos ofrecía una peseta diaria, además de lo que cayera si volvíamos con vida y salud; así es que mi compañero y yo nos miramos, consultando con elocuente silencio el aspecto de nuestras respectivas fachas. Hallábamonos ambos muy derrotados; y con aquella escrutadora penetración que da la carencia de posibles, cada cual conoció la escualidez y vanidad de la bolsa del otro. Santorcaz opinó que yo debía aceptar el enganche, y yo fui del mismo dictamen respecto a mi amigo; doña María ofreció equiparnos, mudando nuestras ropas por otras nuevas y mejores, y además comprometíase a mantener por algún tiempo a los que ya comenzaban a abrigar algunas dudas acerca del pan que comerían al llegar a Córdoba. No vacilamos, y henos convertidos en soldados de caballería, prontos a incorporarnos al pequeño pero brillante ejército de San Roque.

Comprendí que aquel era mi destino, y que para el fin que a Córdoba me llevaba, más me convenía penetrar en esta ciudad como soldado oscuro que como desalmado y andrajoso vagabundo. Santorcaz se decidió después de meditarlo mucho, dando paseos en la habitación donde se nos había albergado. Una vez resuelto a ello, pareció muy alegre, y le oí pronunciar algunas palabras que me demostraban la agitación de su alma por causas para mí desconocidas entonces. Luego expuso a doña María que no partiría de Bailén hasta no recibir unas cartas que esperaba de Córdoba y de Madrid, relativas a sus intereses, a lo cual accedió la señora, diciéndole que permaneciese en la casa hasta cuando quisiera con la condición de incorporarse después a la escolta de don Diego si esta salía antes.

No tardó mucho el día de la partida. El joven mayorazgo estaba vestido del modo siguiente. Una ancha faja de seda color de amaranto le ceñía el cuerpo. Sus calzones de ante se ataban bajo la rodilla, y sobre las medias de seda llevaba gruesas botas de cordobán con espuelas de plata. El marsellés de paño pardo fino con adornos rojos y azules daba singular elegancia a su cuerpo, así como el ladeado sombrero portugués, con moña de felpa negra y cordón de oro. Guarnecía su cintura sobre el fajín, lo que llamaban charpa, y era un ancho cinturón de cuero con diversos compartimientos ocupados por dos pistolas, un puñal y un cuchillo de monte, de modo que aquello equivalía a llevar en los lomos un completo arsenal, propio para hacer frente a todas las circunstancias imaginables.

Ocupábanse la madre y las hijas en arreglar los últimos pormenores del vestido, esta cosiendo el último botón, aquella poniendo un alfiler a la cinta del sombrero, la otra calzando la espuela al mozo, cuando doña María dijo con la viveza propia del que recuerda de improviso la cosa más importante:

—Falta lo principal, falta la espada.

Al punto las miradas de todos fijáronse con cierto respeto en un venerable armario de añejo roble que en el testero principal de la habitación desde largos años existía. Acercose a él la señora condesa, y abriéndolo, sacó una espada larguísima con su vaina y tahalí, las tres piezas muy marcadas con el sello de honrosa antigüedad. Desenvainó el acero la propia doña María con gesto majestuoso aunque sin ninguna afectación de brío varonil, y luego que lo hubo contemplado un instante, volvió a esconderlo en la vaina entregándolo después a su hijo. Era aquella espada una hermosa hoja toledana de cuatro mesas y de una vara y seis pulgadas de largo. En la cazoleta o taza cabía holgadamente una azumbre, y sus gavilanes nielados de oro, lo mismo que el arriaz, daban aspecto artístico y lujoso a la empuñadura. Tenía en las dos fachadas del puño el escudo de los Rumblares, y en el pomo una cabeza con la empresa del armero toledano Sebastián Hernández. En la hoja, algo roñosa, se podía deletrear, aunque con trabajo, la inscripción grabada en uno de sus lados, *Pro Fide et Patria. Pro Christo et Patria. Pro Aris et Focis. Inter Arma silent Leges.*

Colgose al cinto esta poderosa e ilustre tizona el joven don Diego, para cuyas manos era exorbitante peso; mas él, orgulloso de llevarlo, hizo un gesto poco favorable a los propósitos del invasor de España, y se preparó a salir. Prorrumpieron en copioso llanto Asunción y Presentación, lo cual dio al traste con la forzada entereza del condesito, destinado a ser el terror de la Francia, y pasando de los pucheros a los hipidos y de los hipidos a una violenta explosión de lágrimas, atronó la casa por espacio de un cuarto de hora. Ni por esas perdió doña María su serenidad, hablando a su hijo de asuntos extraños a la guerra.

—Lo primero que has de hacer cuando llegues a Córdoba, es visitar a mis primas y entregarles estas cartas. Mira, aquí van las señas de su palacio. Harto sentimos que no pueda celebrarse la boda concertada; pero Dios lo quiere así, y la patria es lo primero. Algún día será. Di a esas señoras que si vuelven pronto a Madrid, como me dicen en su última carta, no les perdono que pasen sin detenerse algunos días en esta su casa.

Luego tomando distinto tono, habló así:

—*Hijo mío, cuidado con lo que haces. Observa la mejor conducta: mira que vas a combatir al enemigo y a defender la religión, la patria, el Estado y el Rey. Si cobarde vuelves la espalda, no vuelvas jamás a mi casa, ni te acuerdes nunca de tu madre, ni cuentes ya con su tierno cariño... Su indignación, su aborrecimiento eterno, he aquí la recompensa que te aguarda.*

He subrayado estas palabras, porque son puntualmente históricas; y si no están en la historia, constan en papeles impresos de aquel tiempo, que puedo mostrar al que desee verlos. La mujer que las pronunciara (pues no fue doña María, y el atribuirlo a esta es de mi exclusiva responsabilidad), añadió lo siguiente, dirigiéndose a otras madres que despedían a sus hijos en las puertas del pueblo: —«*Compañeras, si en las batallas llegan a morir todos los hombres, triunfaremos nosotras*»[1].

Salimos de la casa, tomando cada cual la cabalgadura que se le había destinado, juntamente con un sable y dos pistolas. El bagaje se repartió entre todos. Un criado antiguo se había encargado del dinero, otro llevaba las ropas del señorito; Marijuán llenaba sus alforjas con abundantes provisiones, y en mi grupera pusimos varios encargos y las cartas que don Diego debía entregar en Córdoba. Cuando yo las acomodaba entre mi equipaje, pude de soslayo ver los sobres y me quedé frío de sorpresa y casi diré de terror; leí los nombres de Amaranta, de la marquesa su tía y del señor diplomático.

Santorcaz, que hasta entonces no había recibido lo que aguardaba, se quedó, prometiendo juntarse con nosotros al día siguiente o a los dos días. Yo le vi muy pensativo y tétrico con las manos a la espalda, paseando por el portal de la casa cuando salíamos de ella. Hasta fuera de la villa fue en nuestra compañía don Paco, el cual recordaba a su discípulo las máximas de Alejandro sobre la guerra, recomendándole una y otra vez que las pusiera en práctica al pelear contra los franceses, y que cuidase de sostener siempre el orden oblicuo disponiendo una segunda línea para asegurar las espaldas y los flancos, porque a esto —decía— debió el gran Macedonio que siempre quedaran victoriosas sus difalangarquías y tetrafalangarquías.

Con tan sabia máxima que el heredero de Rumblar juró cumplir al pie de la letra, despidiose don Paco, y seguimos nuestra marcha muy contentos. No tomamos el camino real desde Bailén a Córdoba por no tropezar con la retaguardia del general Dupont o con los muchos destacamentos que había dejado en todos los pueblos, y en vez de las dieciocho leguas y media de que consta aquella vía, tuvimos que andar unas veinticuatro, pues en nuestro rodeo fuimos a Mengíbar; desde allí por Torre Jimeno, siguiendo un detestable camino de herradura, pasamos a Martos, y de Martos, por Alcaudete y Baena, fuimos a buscar en Castro del Río la margen derecha del Guadajoz, que nos condujo a las inmediaciones de Córdoba.

---

1   Esto pasó en Mérida en 23 de junio. (N. del A.)

Al salir de Bailén supimos la derrota de los paisanos y soldados de regimientos provinciales en el puente de Alcolea, y en Alcaudete nos dieron otra terrible noticia, referente a la entrada de los franceses en Córdoba y al saqueo de aquella hermosa ciudad. Esto y el encuentro de algunos hombres dispersados de la partida de Echévarri nos inclinó a tomar el camino de Écija; pero el día 16 supimos que los franceses habían evacuado a Córdoba; y adoptando nuestro primitivo itinerario, divisamos en la mañana del 18 un inmenso caserío blanco, que destacaba sobre el verde-azul de la lejana sierra infinidad de torres, minaretes, espadañas y cimborrios.

X

Era Córdoba, la ciudad de Abdherrahmán, la Meca de Occidente, la que fue maestra del género humano, la vieja andaluza, que aún se engalana con algunos restos de su antigua grandeza; todavía hermosa, a pesar de los siglos guerreros que han pasado por ella; ya sin Zahara, sin Academias, sin pensiles, sin aquellas doscientas mil casas de que hablan los cronistas árabes; sin califa, sin sabios, pero orgullosa aún de su mezquita catedral, la de las ochocientas columnas; triste y religiosa, habiendo sustituido el bullicio de sus bazares con el culto de sus sesenta iglesias y sus cuarenta conventos; siempre poética y no menos rica en la decadencia cristiana que en el apogeo musulmán; ciudad que hasta en los más pequeños accidentes lleva el sello de los siglos; tortuosa, arrugada, defendiéndose de la luz como si quisiera ocultar su vejez; escondida en sus interiores donde guarda innumerables maravillas, y siempre asustada al paso del transeúnte; protectora de los enamorados para quienes ha hecho sus mil rejas y ha oscurecido sus calles; devota y coqueta a la vez, porque cubre con sus joyas las imágenes sagradas, y se engalana y perfuma aún con los jazmines de sus patios.

Tal era la ciudad que había estado entregada por tres días a la brutal y salvaje codicia de los soldados de Dupont. Este desgraciado general, que desde entonces comenzó a sentir aquel aturdimiento e indecisión que lo acompañaron hasta capitular, temeroso de ser sorprendido allí por las tropas de Castaños, se retiró el 16 de junio, dirigiéndose a Andújar, desde donde pidió refuerzos a Madrid.

El 18 entramos nosotros en la ciudad saqueada, aún llena de mortal espanto. Todavía no había sido lavada la sangre que manchaba sus calles, ni sabían exactamente los cordobeses a ciencia cierta el dinero y cantidad de alhajas que se les habían robado. Antes que en contar lo que les quedaban pensaron en armarse, y si antes habían ido a la lucha, además de los regimientos provinciales y las milicias urbanas, los paisanos del campo, después del saqueo todas las clases de la sociedad se apercibieron para lo que más que guerra era un ciego plan de exterminio, pues no se decía *vamos a la guerra*, sino a *matar franceses*.

Desde que entré en la desgraciada ciudad, a la emoción producida por el espectáculo del reciente desastre se unía la que experimentaba por asuntos de mi propia cuenta, y por la supuesta proximidad a quien era el faro de mi vida. Así es que luego que el conde y los de la comitiva nos arreglamos en una de las mejores posadas, salí con objeto de buscar la casa de la señora Amaranta y de su tía, lo cual me era sumamente fácil, por haber visto los sobres de las cartas que traíamos para aquellas personas. Llegué a eso de las doce a la calle de la Espartería, donde era su residencia. En lo sucesivo y para evitar confusiones, ya que no puedo nombrar a la tía de Amaranta con su verdadero nombre, usaré el título convencional de marquesa de Leiva.

Cuando di los primeros aldabonazos en la puerta, parecíame que golpeaba en mi propio corazón. ¿Estaría allí Inés? ¿Estaría allí, ya olvidada de que existiera antes en el mundo un chico llamado Gabriel, arcabuceado por los franceses? Y si estaba y de improviso me veía, ¿no era posible que se me presentara deslumbrada por los esplendores de su nueva posición, y que a la palidez de la primera sorpresa sucediera en su rostro el rubor de haberme amado? ¿Se acercaba el momento de que yo cayese de la inconmensurable altura de mi fatuidad amorosa, encontrando una sonrisa de desdén y la mano de un criado que me pusiera en la calle? ¿Por ventura el trance que me esperaba era hermano gemelo de aquella otra gran caída ocurrida en el Escorial, cuando por el favor de Amaranta soñaba con los primeros puestos de la Nación? ¿Bajaría mi alma desde príncipe a lacayo, como poco antes bajó mi ambición?

Abriome la puerta un criado conocido, a quien rogué me llevase a presencia de mi antigua ama la señora condesa. Mientras atravesábamos el patio, buscaba afanosamente algún objeto que me indicase la proximidad de Inés. Como olfatea el perro buscando el rastro de su amo, así aspiraba yo las emanaciones de la casa, buscando el aire que había sido aliento de aquella naturaleza querida. No oí su voz, ni sentí sus pasos, ni vi cosa alguna que tuviera las huellas de su mano. A mí se me antojaba que en cualquier objeto podía notar un sello especial que indicara pertenecerle. En nada de lo que vieron mis ojos encontré la huella indefinible que debía tener todo aquello en que Inés pusiera los suyos. Esto se comprende y no se explica. El corazón es el único adivino, y el mío me dijo que Inés no estaba allí.

El patio era fresco y risueño, como todos los de las buenas casas de Andalucía. Entre los jazmines reales, que abrazándose a una columna ostentaban sus mil florecillas llenas del perfume más grato a los enamorados; entre los naranjos de la China, graciosas miniaturas del naranjo común; entre los rosales de la tierra y esos claveles indígenas cuya imperial hermosura no ha logrado eclipsar ninguna de las elegantes flores modernas; entre los tiestos de reseda, de mejorana, de albahaca y de sándalo, saltaban los chorros de una fuente habladora, con cuyo monólogo se concertaba el canto de algunos pájaros prisioneros en doradas jaulas. El pavimento era de mármol y los zócalos de azulejos; sobre estos, y cubriendo gran parte de la pared, había cuadros al óleo de aquella escuela andaluza que ha llevado a los lienzos el tono caliente de la tierra, la esplendidez de la inflamada atmósfera y la agraciada melancolía de los semblantes.

Afortunadamente para mí, Amaranta se dignó recibirme. Estaba en una sala baja, fresca y oscura, y cuando yo entré se ocupaba en armar unas flores de altar. ¿Se había entregado a la devoción? Vestía completamente de blanco, y a la exigencia de la moda se había unido el rigor de la estación para que aquel ligero traje fuera nada más que lo absolutamente necesario para cubrir su hermoso cuerpo. Entonces entre las miradas de fuera y el pudor interno no se ponía tan gran baluarte de telas como se pone hoy. Amaranta estaba abrumadoramente hermosa, y sus ojos negros, que eran, como otra vez he dicho, los primeros ojos del mundo, es decir, los Bonapartes de la mirada humana, conquistaban al punto todo aquello a que dirigían su pupila. Sentí en su presencia mucha cortedad, mucha turbación; sentime sin ideas y sin palabra.

—¿Qué vienes a buscar aquí? —me dijo.

—Señora, he venido a Córdoba para afiliarme en el ejército del general Castaños, y sabiendo que Su Excelencia y apreciable familia estaban en esta población, he querido visitar a mi antigua y querida ama.

—Eres tan hipócrita como intrigantuelo y trapisondista —repuso entre severa y amable—. ¿Conque me tienes ley? ¿Por qué te portaste tan mal conmigo?

—Señora —exclamé haciendo aspavientos de respeto—. ¡Yo portarme mal! Si no puedo olvidar lo bien que estaba al servicio de Su Excelencia.

—¿Quieres ser otra vez mi criado? —me preguntó.

Esta proposición cayó sobre mí como un rayo. Pensé en Inés, en el repentino engrandecimiento de la que había juzgado compañera de mi vida, y al considerarme criado de aquella casa, temblé de indignación.

—No señora, no quiero servir más. Soy soldado —repuse—. Sin embargo, estoy a las órdenes de Vuecencia para lo que guste mandarme.

—¿Conque soldado? ¿Y vas a la guerra? Dentro de un mes serás general —dijo con punzante ironía.

—No aspiro a tanto. Quiero servir a mi país, y nada más. Con tal de que mañana pueda decir: «contribuí a echar de España a la canalla», quedaré satisfecho.

—¿Y crees que España podrá echar fuera a la canalla? ¡Ah!, yo no participo de la ilusión de esta buena gente. ¿Qué pasó el día 9 en el puente de Alcolea? Aquellos pobres paisanos, a quienes no se puede negar el valor, huyeron ante las tropas disciplinadas del general Dupont. En Córdoba tampoco se les puso resistencia, y ¡qué horror, Dios mío!, ¡qué tres días de angustia! Todos creíamos que los franceses entrarían con bandera de paz, porque la gente de Echévarri abandonó la ciudad, y los de aquí no trataban de hacer resistencia. Llegaron los franceses a la Puerta Nueva, y mientras las autoridades hablaban con ellos para darles entrada, de una casa cercana salieron algunos tiros. Furiosos los enemigos, después de derribar la puerta a cañonazos, desparramáronse por las calles de Córdoba asesinando a cuantos encontraban al paso y metiéndose en las casas para coger cuanto había. No puedes figurarte lo que era aquello. Mudos de espanto y ansiedad estábamos todos aquí, atento el oído a los rumores de la calle, cuando sentimos que las puertas caían a golpes, y penetraba aquella soldadesca bestial, diciendo que se les entregasen todos los objetos de valor. El miedo nos impidió andar en contestaciones con ellos, y al punto les dimos alhajas, dinero, plata de mesa y cuanto había, deseando que se lo llevasen todo de una vez para no escuchar sus insultos. Mas luego bajaron a la bodega sedientos de vino: no contentos con echar fuera las cubas pequeñas, bebían en las llaves de las pipas grandes, y dejándolas luego abiertas, corría el Montilla de setenta y cinco años inundando las cuevas. Uno de aquellos salvajes pereció ahogado en vino. Pero al fin se fueron de casa sin cometer atrocidades de otra clase, y nos vimos libres de semejante chusma. En otras partes los horrores no pueden contarse. Robaron todo el dinero de la administración, toda la plata de los conventos, los vasos sagrados, los cálices, las custodias, las alhajas de las imágenes; penetraron también en los conventos de frailes, muchos de los cuales murieron asesinados; convirtieron en lupanar la iglesia de Fuensanta, y por tres días Córdoba no fue una ciudad, fue un infierno, porque todos los demonios, todas las maldades y abominaciones cayeron sobre ella. Por las calles se les encontraba borrachos, llenos de inmundicia, y se revolcaban en el lodo, engullendo vorazmente la comida que sacaban a viva fuerza de las casas. Los generales franceses, avergonzados de tanta bajeza, querían someterlos a palos; pero fue preciso emplear mucho rigor, y algunos hubieron de ser fusilados para hacer entrar en razón a los demás. Por último, saliendo de Córdoba para Andújar, esos cafres nos han dejado en paz por algún tiempo. ¡Qué espantoso estado el de España! Y lo peor es que sucumbirá. ¡Qué horrores, qué días terribles nos aguardan! ¿Y en Madrid qué tal se vive?

—¿Piensa usía volver a la corte?

—¡Oh! Sí... Pensamos marcharnos pronto, porque nos llama un asunto en que está interesada toda la familia. A ser por mí, ya estaríamos allá. No puedo vivir en Córdoba, y menos en el estado actual de las cosas. Esto no es vivir. Si en Madrid no hubiese tranquilidad, nos iríamos a Bayona con toda la familia.

—¿Y ninguna de las personas de esta casa fue maltratada por la soldadesca francesa? —pregunté deseando saber qué personas había en la casa.

—Ninguna: solo mi tío el marqués tuvo una contusión en la cabeza; pero recibiola al esconderse debajo de una cama, y lo hizo con tanto ímpetu que se dio un golpe muy fuerte contra el suelo. Un amigo de casa, que nos visita todos los días, don José María de Malespina, también recibió un ligero rasguño en la mano derecha al ocultarse detrás de un armario.

—¿Y las señoras? Oí decir que una sobrinita de la señora marquesa... o sobrinita de Su Excelencia, no estoy bien seguro, había venido de Madrid a acompañarlas.

—No —contestó Amaranta mirando al suelo.

—Pues entonces lo confundo yo con otra cosa. Paréceme que en Madrid lo oí decir en Madrid al señor licenciado Lobo, aquel famoso escribano... pero no, seguramente se equivocó.

—¿Conoces tú al señor de Lobo? —me preguntó con inquietud.

—Ya lo creo: somos muy amigos. Le conocí cuando yo servía en casa de don Mauro Requejo... y por cierto que el señor licenciado y yo tuvimos una cuestión con motivo de cierta muchacha... una infeliz, señora, una desgraciada chiquilla, huérfana de padre y madre.

—A ver, cuéntame eso —dijo con interés.

—Pues los señores de Requejo que eran dos puerco-espines, martirizaban a la damisela. Yo tenía lástima de ella, y quise sacarla de allí... pero me fusilaron los franceses.

—¡Te fusilaron!

—Sí señora; y el señor de Lobo... pues... lo cierto fue que la muchacha desapareció.

—Ya... Cuéntamelo todo.

Con el mayor afán, con el interés más grande que durante mi vida he sentido por cosa alguna, empezaba a contar a Amaranta lo que sabía, cuando la entrada de dos personas me interrumpió. Eran el diplomático y don José María de Malespina, aquel por tantos títulos famoso aunque retirado coronel de artillería de quien hablé cuando lo de Trafalgar. El primero me reconoció y tuvo la bondad de dirigirme algunas bromas.

XI

—Sobrina —dijo el marqués—, ya pronto tendremos aquí las tropas de Castaños. ¿Sabes lo que ahora le decía al señor de Malespina? Pues le decía que si la Junta de Sevilla me comisionara para entrar en negociaciones con los franceses, tal vez lograría poner fin a esta desastrosa guerra.

—¿Qué negociaciones, ni qué ocho cuartos? —dijo con desprecio Malespina—. ¡Oh! ¡Si la Junta de Sevilla siguiera el plan que he imaginado estos días! Mientras no demos a la artillería el lugar que le corresponde, no es posible alcanzar ventaja alguna. Mis recientes estudios sobre cyclodiatomía y catapéltica, me han hecho descubrir importantes principios que ahora debieran llevarse a la práctica.

—Reniego de la ciencia que inventa medios de destrucción —exclamó con gesto elocuente el marqués—, cuando por las vías diplomáticas pudieran las Naciones resolver todas sus querellas. ¡La guerra! ¿De qué sirve la guerra? ¿Vale la pena de que perezcan miles de seres humanos por una cuestión que podría arreglarse con un pedazo de papel y una pluma mojada en tinta, puesta en manos de alguna persona que yo me sé?

—Hombre de Dios, sin la guerra ¿qué sería del mundo? Y sobre todo, ¿qué sería del mundo sin la artillería? Montecúculi dice que las *batallas dan y quitan las coronas, concluyen las guerras e inmortalizan al vencedor.*

—¡Sangre y luto y desolación! Pero no disputemos sobre el volcán, amigo. La guerra es un mal, pero existe hoy entre nosotros. Lo que conviene es buscar alianzas en Europa. Por eso desde que llegué a Andalucía sugerí a la Junta Suprema la idea de pedir auxilio a Inglaterra. Magnífico pensamiento, que ni a Saavedra, ni al padre Gil se le había ocurrido.

—¡Y iusted se atribuye la invención! —dijo con sorna Malespina—. Pero hombre de Dios, si los asturianos fueron los primeros que en tal cosa pensaron, y desde el 30 de mayo salieron de Gijón mis queridísimos amigos don Andrés Ángel de la Vega y el vizconde de Matarrosa, hijo del conde de Toreno... ¡Bah, bah!... Si estos diplomáticos han perdido la chaveta. Nada, amigo mío, yo le dije al padre Gil que cuidara de aumentar la artillería, adoptando los adelantos que yo quiero introducir en el arma. Pues qué, ¿cree usted que Napoleón no tiene noticia de ellos? Yo he descubierto que antes de invadir a España, mandó una comisión secreta para que averiguara si estaba yo aquí. Como entonces mi familia hizo correr la voz de que yo había pasado a América, Napoleón dijo: «Pues no hay cuidado ninguno», y ordenó la invasión. Ya, ya me conoce él de muy antiguo.

—¡Qué vanaglorioso es usted! —dijo el diplomático con mayor fatuidad que la de su amigo—. Eso lo dice usted por obligarme a hablar, por obligarme a que revele... no: es secreto de Estado, del cual quizás depende la paz de España y de Europa, no saldrá de mis labios, ni soy hombre que cede fácilmente a las sugestiones de la curiosa e imprudente amistad.

—Todo eso es pura farsa. Sepamos de una vez esos secretos.

—¡Farsa! —exclamó con enojo el diplomático—. Pero ya comprendo el juego. Lo mismo hace mi sobrina cuando quiere obligarme a que revele los secretos de Estado. No, callaré, callaré, aunque usted me insulte, aunque usted aparente dudar de mi veracidad, para que la indignación me haga romper el secreto. ¡Pues qué!, si yo dijera que un elevado personaje, el más poderoso que hoy existe en el mundo, se decidió al fin a transigir conmigo, después de una enemistad que data desde la paz de Luneville; si yo dijera que los preliminares de negociación que entablé para evitar a España los horrores de la guerra, comenzaban a dar resultado, cuando algunos hombres pérfidos... si yo dijera esto... pero no: mi sobrina me mira como para incitarme a seguir hablando, y usted señor de Malespina, me mira también... mas no, punto en boca, y cesen las impertinentes preguntas que en vano amenazan el inexpugnable alcázar de mi discreción.

—Todo eso es pura fábula —afirmó don José María con desenfado—. Aborrezco la falsedad y la jactancia, pues soy hombre que se dejaría hacer picadillo antes que decir una palabra contraria a la rigurosa verdad. Por tanto basta de fingidas diplomacias y de tratados que no han existido sino en la cabeza de usted En estos momentos seamos soldados, y dejemos a un lado los protocolos. Veremos si ahora, cuando en Bayona se sepa que yo sigo en España y que no pienso en partir a América, se retiran los franceses de nuestro país, porque francamente... Napoleón me conoce.

—Hombre, eso es demasiado fuerte —exclamó el diplomático soltando la risa—. Conque Napoleón...

—No extraño esas risas —dijo muy amoscado el artillero—. ¿Qué ha de hacer quien no conoce el peligro personal; qué ha de hacer un hombre que cuando entraron los franceses a saquear esta casa, se escondió debajo de la cama?

—Yo... —contestó con turbación el marqués—, si penetré en aquel apartado sitio, bien saben todos la causa, que no fue miedo ni mucho menos. En aquel instante me ocupaba mentalmente en buscar los términos más propios de un arreglo y transacción con aquella gente, y como el ruido no me dejaba pensar, busqué la soledad de aquel lugar recogido y pacífico, donde sin estorbo pudiera entregarme a mis sutilísimas disquisiciones. Lo incomprensible es que un militar viejo como usted buscase asilo detrás de un armario, mientras los franceses insultaban a las señoras.

—Nada, lo que he dicho siempre —repuso Malespina—. Es inútil esperar que los profanos hagan nunca justicia a las combinaciones de la ciencia. Todo lo ven bajo el aspecto vulgar, y lanzan al público las acusaciones más irreverentes. Hombre de Dios, ¿necesitaré explicar mi conducta? ¿Necesitaré decir que, convencido desde el principio de la imposibilidad de establecer en el patio un campo atrincherado, tuve que retirarme a esta sala, y apoyar mi centro de retaguardia en aquel armario, para operar con el ala derecha? Viendo que se acercaban con ímpetu formidable los franceses, hice un movimiento envolvente sobre mi ala izquierda, y me metí tras el armario, dirigiendo el raso de metales de la terrible arma de fuego que llevaba en mi bolsillo hacia el marco de la puerta, para que la trayectoria fuese directamente al patio. El enemigo, al ver mi actitud, retrocedió lleno de espanto, y he aquí cómo sin efusión de sangre se les obligó a la retirada.

Amaranta no podía contener la risa oyendo la disputa entre su tío y su amigo. Antes de que esta concluyera, entró la marquesa de Leiva y dijo:

—Acaba de llegar la *Gaceta Ministerial de Sevilla*. Creo que hoy trae la noticia de que ha muerto Napoleón.

—¡Jesús! ¿Qué dice usted?

—¿Dónde está, dónde está esa *Gaceta*?

Al punto corrieron el marqués y don José María a la habitación inmediata. La marquesa, que no había parado mientes en mi persona, aunque le hice reverencias muy profundas, acercose a Amaranta, y mostrándole un medallón que en la mano traía, le dijo:

—¿Te gusta? ¿No es verdad que está parecido? El pintor ha hecho un hermoso retrato.

—Está muy bonito y se parece mucho —dijo mi antigua ama—. Veremos qué le parece a ese barbilindo cuando lo vea.

—Es extraño que no haya llegado ya. Su madre me decía que para el 12 pasaría por aquí.

El diplomático y Malespina aparecieron de nuevo, trayendo cada cual una hoja de papel impreso.

—Efectivamente, aquí está en letras de molde —dijo con grandes aspavientos el diplomático preparándose a leer—. Oigan ustedes: *Madrid 6 de junio. El descontento de las tropas enemigas parece general, y corre muy válida la voz de que en Bayona hay insurrección y de que el Emperador está oculto, añadiendo algunos que herido.*

—Hombre, eso es importantísimo —exclamó Malespina—, aunque no me coge de nuevo, porque ya tenía noticias detalladas de este suceso.

—¿Que los franceses se sublevan contra Napoleón? —dijo la marquesa—. Dios les habrá tocado el corazón.

—Pero oigan ustedes estotra noticia —añadió Malespina—. *Toledo 4. Dícese que cerca de Gallur los franceses han sido derrotados por Palafox, dejando en el campo de batalla 12.000 muertos y un número infinito de heridos. Los españoles les tomaron 48 cañones y 12 águilas.*

—Hombre, magnífica victoria —exclamó el diplomático— ¿Pero qué dice aquí? ¡Oh, esta sí que es gorda! *Reus 8 de junio. Aquí se habla de la muerte de Josef Napoleón, de los varios partidos que dividen la Francia y de la sublevación del Rosellón. Si estas noticias salen ciertas, podemos asegurar que llegó ya el día de la venganza y de la libertad de España.*

—Vienen muy satisfactorios estos dos números de la *Gaceta* —dijo Amaranta.

—Ya sabía yo todo eso —afirmó con aplomo el marqués—. ¡Pero que veo, santos cielos! Este sí que es notición. Oigan todos, oiga usted, señor don José María: *Valencia 10 de junio. El ejército de Duhesme ha sido derrotado. Corren voces de que el castillo de Figueras está en nuestro poder; se repite la noticia del levantamiento del Rosellón y de la indignación con que ha visto toda la Francia la conducta de su Emperador con la España.*

Los sueltos que oí leer en aquella ocasión pueden verse en la *Gaceta Ministerial de Sevilla*, periódico oficial de la Junta Suprema. En sus breves columnas se insertaban diariamente despachos y noticias que remitían de todas partes. Dictábalas el entusiasmo y las devoraba la credulidad, y como nadie las discutía, el efecto era inmenso. Según la *Gaceta Ministerial*, todos los días era derrotado un ejército francés, y todos los días ocurría en Francia una insurrección para destronar al azotador de Europa. ¡Ah!, entonces corrían unas bolas, junto a las cuales son flor de cantueso las equivocaciones del moderno telégrafo.

—Oigan ustedes —exclamó la marquesa, que había tomado el periódico de manos del marqués—; esta sí que es noticia extraordinaria. Y no digan ustedes que la sabían, porque hasta ahora no se ha hablado en España ni en el mundo de semejante cosa. Atención: *Cádiz 14. Corre muy válida la voz de que la Francia está dividida en tres partidos: borbónico, republicano y bonapartista*. También dice que han desembarcado en Rosas 11.000 hombres con armas que vienen de Mallorca.

—¡Tres partidos! —exclamó el diplomático mirando a don José María.

—¡Tres partidos! Ya lo sabía.

—¡Y yo también!... Pero corro a comunicar esta nueva a nuestros amigos —dijo el marqués levantándose.

—Aguarda —le indicó su hermana—. No olvides que esta tarde tienes que pasar por allí.

—¡Otra vez! —exclamó el diplomático—. Si no hay quien la haga salir. Le he prometido, le he rogado, le he amenazado, le he dicho mil finezas y ternuras, y nada, no quiere salir. ¿Por qué no vais vosotras?

—Sí, esta tarde iremos —afirmó detenidamente la marquesa—. Es preciso hacerla salir; porque sin ella no podemos volver a Madrid.

—¡Oh!, picarón... ya sabemos el secreto —dijo Malespina dirigiéndose con maliciosa expresión al marqués—. Ayer me hablaron del caso en varias tertulias... Ya sabía yo que había usted sido un terrible seductor... ¿Pero ahora salimos con eso?

—Amigo, es preciso reparar de algún modo los extravíos de una borrascosa juventud. Ya sabe usted que hasta hace quince años me llamaban el *azote de las familias*. Pero ya pasaron aquellos tiempos, y ahora...

—¿De modo que no vas esta tarde?

—Francamente —dijo el marqués—, en estos días me gusta salir a la calle lo menos posible. Suele haber tumultos... ¡la gente anda tan excitada!... ¡Qué susto me llevé la otra tarde en el barrio de San Lorenzo!... y como a causa de la gota no puedo correr...

—Y como en la calle no se encuentran camas para esconderse debajo de ellas... Vamos, vamos, señor marqués, y leeremos a los amigos estas estupendas novedades.

Salieron la artillería y la diplomacia, y como la marquesa había salido de la habitación un momento antes, quedamos solos otra vez Amaranta y yo.

—Sigue contando —me dijo—. Y ese señor tendero con quien servías, ¿ha venido contigo a Córdoba?

—No señora, yo no he vuelto más a aquella casa. Salí de Madrid acompañando al señor de Santorcaz.

—¡Santorcaz! —exclamó la dama, poniéndose encarnada y después pálida como una difunta—. ¿Quién? ¿Quién has dicho?

—Don Luis de Santorcaz, señora, un caballero castellano que ha venido ahora de Francia.

Amaranta parecía experimentar una conmoción profunda. Para disimularla se levantó fingiendo buscar algo, dio media vuelta, sentose de nuevo, después se puso la mano sobre los ojos, y finalmente, rompió una flor de trapo que tenía entre sus manos.

—¿Qué estabas diciendo, que no te oí...? —me preguntó.

—Que el señor de Santorcaz...

—Deja a ese hombre... no hables de lo que no me interesa. ¿Conque antes decías que los tenderos de la calle de la Sal martirizaban a la joven...?

—Sí señora, mucho. Aquello me desgarraba el corazón —contesté sin cuidarme de disimular los tiernos sentimientos de mi alma.

—Era natural que te interesaras por la desgracia.

—Es que yo había conocido a Inés antes de que fuera a aquella casa. La había conocido cuando estaba con su tío el buen don Celestino del Malvar. Nos conocíamos los dos, señora, y como ella era tan buena, y yo también... porque yo era muy bueno... En fin, señora, yo no puedo ocultar a usía la verdad.

—Dímela de una vez.

Dejándome llevar de la impetuosa pena que pugnaba por desbordarse en mi afligido pecho, y olvidando toda consideración, todo tacto, toda prudencia, con el acento de la verdad y de un dolor inmenso, dije lo siguiente, sin reflexión ni cálculo alguno:

—Señora, Inés y yo éramos novios... Yo la amo, yo la adoro... ella también...

Amaranta se levantó rápidamente, y en su semblante observé señales de repentina cólera. Mandándome callar, después de decirme que era un desvergonzado y un truhán, agitó con inquieta mano una campanilla.

¡Altos cielos! ¡Por qué no os hundisteis sobre mí! Entró un criado, y Amaranta le mandó que me pusiera al instante en la puerta de la calle.

XII

El criado, cumplidor de la ignominiosa orden, era un segundo mayordomo llamado Román, que desde su niñez servía en la casa. Desde que le conocí en el Escorial, aquel hombre me había inspirado inexplicable antipatía, y digo esto y además le nombro, para que mis lectores le tengan presente, por si casualmente figurase después un poco en los raros sucesos de esta historia.

¿Será preciso que hable de mis tormentos morales en los días siguientes a aquel suceso? ¡Dios mío! Voy a aburrir a mis lectores, abusando de la gentil cortesía que les movió a fijar sus ojos en estas relaciones. No, más vale que devore en silencio mis penas y les hable de otros asuntos, que así alcanzaré la doble ventaja de proporcionarles útil entretenimiento, y de calmar mis pesares, adormeciéndoles con el beleño de patriótico entusiasmo.

En Córdoba reinaba gran impaciencia por la tardanza del ejército de Castaños. Entonces, como ahora y como siempre, los profanos en el arte de la guerra arreglaban fácilmente las cuestiones más arduas, charlando en cafés y en tertulias, y para ellos era muy fácil, como lo es hoy, organizar ejércitos, ganar batallas, sitiar plazas y coger prisionero a medio mundo. A los profanos se unían los bullangueros y voceadores que entonces ¡santo Dios!, pululaban tanto como en nuestros felices días, y entre aquellos y estos y el torpe vulgo, armaban tal algazara, que no sé cómo las Juntas y los generales podían resistirla.

Principiaron a hacerse comentarios muy diversos sobre la lentitud con que Castaños organizaba sus tropas; unos aseguraban que tenía miedo; otros que estaba decidido a dar la batalla, pero que seguro de perderla, tenía tomadas sus medidas para retirarse a Cádiz y huir a América con lo más granado de sus tropas; otros, en fin, se atrevieron a más, y pronunciaron la palabra *traidor*. Esta palabra no era entonces palabra, era un puñal: víctimas de ella fueron Solano en Cádiz, Filangieri en Galicia, Cevallos en Valladolid, Ordóñez en Palencia, el conde del Águila en Sevilla, Trujillo en Granada, Torre del Fresno en Badajoz, el barón de Albalat en Valencia. Inútil era decir a los impacientes de Córdoba que un ejército no se instruye, arma y equipa en cuatro días: nada de esto entendían. Aunque al través del tiempo nos parezca lo contrario, entonces se chillaba mucho, y también había quien tomara muy a pechos los asuntos de la guerra solo por el simple placer de meter ruido, y también para hacerse notar. Todos los días oíamos decir: «mañana viene el ejército» o «ya ha salido de Utrera, ya está en Carmona...» Pero pasaban días y el ejército no venía.

En tanto en Córdoba no cesaban los trabajos. Si no tienen ustedes idea de lo que es el delirio de la guerra, entérense de aquello. En estos tiempos modernos, si ocurre una guerra, las señoras, llevadas de sus humanitarios sentimientos, se ocupan en hacer hilas. ¡Ay!, entonces las señoras tenían alma para ocuparse en fundir cañones. Cuando tal era el espíritu de las mujeres, figúrense ustedes cómo estarían los hombres. ¡Hilas! Allí nadie pensaba en tales morondangas.

Los voluntarios y cuerpos francos se uniformaban según el gusto indumentario de cada uno, y aquí de la imaginación de las hembras de la familia, para galonar marselleses, para emplumar sombreros, y guarnecer charpas y polainas. Se hicieron muchos uniformes; pero no bastaban para equipar los dos regimientos, uno de caballería y otro de infantería que organizó la Junta de Córdoba. Sin embargo, este inconveniente se obvió, disponiendo que con cada prenda de vestir se cubriesen dos: el uno llevaba los calzones, casaca y sombrero, y el otro el pantalón, chaqueta y gorra de cuartel. El correaje también servía para dos: uno llevaba la bayoneta en la cartuchera y el otro en el porta-bayoneta, y no alcanzando las cartucheras y cananas, se suplían con saquillos de lienzo. Más adelante, cuando tenga el gusto de describiros en su conjunto el ejército de Andalucía, daré completa idea de su abigarrada conformación y aspecto. Francamente, señores, era aquel un ejército que movía a risa.

Durante los días que aguardamos la llegada de Castaños para incorporamos a él (y necesariamente tengo que volver a hablar de mí), yo hacía una vida vagabunda y holgazana. Como el servicio del joven don Diego no exigía más que presentarme en la posada a la hora de comer, pasaba el día y parte de la noche discurriendo por aquellas tortuosas calles, que convidan al transeúnte a perderse por ellas, entregándose al azar, a lo aventurero, a lo desconocido, sin saber a dónde se va, ni de dónde se viene. Por ser la soledad mi mayor gusto, rechazaba la compañía de mis camaradas, buscando errante y solo aquellos lugares donde más pronto me perdía.

El único sitio adonde iba deliberadamente todos los días era la casa de Amaranta, y pasaba largas horas contemplando su puerta, con los ojos fijos en las desnudas paredes, como si quisiese leer en ellas alguna mal escrita página de mi destino. Sus cerradas ventanas, sus espesas celosías, no daban paso a ninguna esperanza. Sin embargo, aquella fachada era tan elocuente, que no podía dejar de mirarla. Al apartarme de allí, el viejo muro con su puerta, sus ventanas, sus aleros y sus miradores, quedaba tan presente en mi imaginación como si fuese una fisonomía. ¡Cara funesta que nunca tuvo una sonrisa para mí!

Los criados de la casa, a quienes impacientemente preguntaba por Inés, no sabían o no querían darme noticia alguna.

Pero un día, precisamente el 1.º de julio, cambió repentinamente la situación de mi espíritu. Atiendan ustedes que esto es de suma importancia. Por fin, tras larga espera llegó el ejército del general Castaños, y al anochecer debía partir para el Carpio. Entre los paisanos armados que se juntaron con Echévarri, existía un grupo compuesto de contrabandistas de Sierra-Morena, de Villamanrique y de Pozo Alcón, con los cuales fraternizaron bien pronto formando amistosa cuadrilla, los licenciados de Málaga, batallón que se formó con alguna gente condenada por faltas, y que la Junta tuvo a bien indultar. Estos caballeros para cuya domesticación emplearon grandes rigores los jefes militares, tuvo una reyerta en Córdoba con los suizos de Reding. Fue cuestión de vino, prontamente aplacada; pero que, sin embargo, alarmó el barrio de Santa Marina durante media hora, produciendo sustos, algunas corridas, tal cual desmayo de sensibles mujeres, las que al oír los dos o tres tiros disparados en la colisión creyeron que los franceses estaban otra vez sobre Córdoba, y así lo gritaban corriendo desordenadamente por las calles. La parte mayor de la ciudad no se enteró de este suceso, que insignificante en las páginas de la historia patria, fue para mí de trascendencia suma, y más digno de mención que si hubiese derribado añejos tronos y alterado la geografía del continente. Así los granos de arena pesan a veces como montañas en el destino de un ser humano, y lo que es gota de agua en el cauce de la generalidad, es río impetuoso en el de uno solo, o viceversa, según lo que nosotros llamamos antojos de allá arriba, y no es sino concierto sublime, que no podemos comprender, como no puede una hormiga tragarse el Sol.

Pues bien: algunas horas antes de la que señalaron para la partida, salí a la calle, impulsado por un sentimiento de amor hacia los laberintos de aquella ciudad que en sus repliegues escondidos había dado un asilo a mi tristeza. Sentía salir de Córdoba, como siente el ermitaño dejar su cueva. Me había acostumbrado tanto a pasear mi aburrimiento y soledad por aquellos callejones, a quienes en cierto modo había hecho confidentes de mi pesar; hallaba tantas perspectivas amigas en un recodo, en una torre, en un ajimez, en una encrucijada, en un poste, en una reja, en una piedra corroída por el tiempo, en un zócalo garabateado por los chicos, que no pude menos de salir a dar el último adiós a todas aquellas mudas compañías de mi tristeza. Aquel día estaba más triste que nunca.

Era de tarde: pasé por una plazuela irregular solitaria e irregular, de esas que son la desesperación de los arquitectos modernos: a un lado muros de ladrillo, en los cuales por la disposición de este material se ha querido imitar una decoración greco-romana, con jambas, dentículas, capiteles, metopas y triglifos; a otro una pared sin puertas ni ventanas, luego un descomunal portalón, una esquina cargada de escudos, un farol, un santo, torres medio caídas y machones que se van a caer; una plazuela, en fin, de esas que nos salen al paso cuando visitamos cualquier vieja metrópoli, tal como Toledo, Granada, Valladolid, León, etc. Al atravesarla sentí el ruido que cerca producía la citada reyerta entre los licenciados y los suizos: oíase lejana algazara, y al extremo de largo callejón vi algunas mujeres que corrían gritando. Esto despertó mi curiosidad y marché hacia allí; pero no había dado dos pasos, cuando me detuve asombrado y estremecido, porque en el fondo de la plazuela, y en el ángulo que esta formaba con una calle, vi una mano que me hacía señas; sí, una mano blanca que me llamaba.

Dirigime allá y en unos cuantos segundos se disipó la ilusión. Me reí de mi torpeza al observar que en el ángulo mencionado había una imagen de la Virgen de esas que la devoción de los españoles ha puesto en las antiguas calles. La Virgen tenía una corona de hierro, en cuyos picos debió de haberse enredado una cometa de algún chico de la vecindad, pues un jirón de papel, todavía suspendido junto al cuerpo de la sagrada estatua, se movía a impulsos del viento. Aquello fue lo que a mí me pareció un brazo que se movía y una mano que me llamaba. Tal alucinación en pleno día era señal de mi estupidez, por lo cual burlándome de mí propio, seguí mi camino.

Pasando bajo la imagen, contemplaba el jirón de la cometa, cuando me detuve de nuevo, porque un objeto rozó mi cara produciéndome cierto escalofrío. El jirón de papel se había desprendido de la imagen cayendo sobre mí. ¡Vean ustedes lo que es el estado del ánimo! Aquel hecho insignificante, tan insignificante como el aplastamiento de un grano de arena con nuestro pie, me hizo detener el paso, me hizo temblar, me hizo mirar a todos lados, puso en mis labios esta pregunta que me dirigí lleno de confusión: —Pero Gabriel, ¿te has vuelto bobo, o lo has sido toda tu vida?

Seguí andando hacia la acera de enfrente, cuando de nuevo me detuve, me quedé helado, absorto, estupefacto, porque detrás de mí había sonado claramente mi nombre. ¿Quién me llamaba? Volvime y nada vi. La plazuela estaba enteramente desierta y muda: solo a lo lejos se oían apenas algunas voces del altercado, que de ningún modo podían confundirse con la que a mi espalda había dicho: «Gabriel.»

Al volverme, mis ojos se fijaron en una puerta; era la puerta de una iglesia. Abiertas de par en par las hojas de madera chapeada, se veía el cancel de mugriento cuero, con dos puertecillas laterales. Una vieja, al salir, puso en movimiento las mohosas bisagras, y al ruido de la herrumbre, un sonido lastimero llegó a mis oídos, modulando aquella voz que a mí me había parecido mi nombre. Esta vez no me reí, sino que entré decididamente en la iglesia. Vi muchos santos pintados o de escultura, y ¡cosa singular!, pareciome que todas las imágenes sonreían apaciblemente. La iglesia era modesta, blanca, oscura. En los lustrosos bancos se sentaban algunas señoras de edad: las luces del altar, al reflejarse en los oropeles de un luengo cortinón rojo que servía de dosel a la Virgen, brillaban, estrellas tembladoras de aquella dulce oscuridad, indicando a dónde debían dirigirse los piadosos ojos. Al poco rato de estar allí, pareciome aquel interior menos oscuro, y comencé a ver distintamente todos los objetos. En el fondo de la iglesia, frente al altar, había una gran reja que se alzaba desde el suelo al techo; tras esta reja percibíanse vagas claridades movibles y un murmullo sordo, de cuyo conjunto se destacaba de rato en rato una sílaba o una tos que repetían los ecos de la bóveda. Acercándome a aquella reja, pude fácilmente distinguir tras ella varios bultos blancos y negros, entre los cuales algunos desfilaron pausadamente y sin ruido hacia una puerta que se abría en el ángulo del fondo, y otros permanecían inmóviles y de rodillas. Eran las monjas.

Contemplando la tranquilidad de aquellas santas mujeres, su apacible recogimiento, la aparente vaguedad de sus formas corpóreas, aquel silencio de sus pasos que las asemejaba a simples creaciones de la luz, discurriendo por el fondo de la cámara oscura; contemplando aquella calma de sus rezos que nadie oía, sentí envidia de los que sumergen su vida en la dulce sombra de un claustro. Yo no apartaba mis ojos del coro, observando indiscretamente los movimientos de las buenas madres, y mientras mayor era mi atención, con más claridad se me iban presentando los distintos objetos de aquel recinto, y vi poco a poco los sillones, el facistol, el órgano, los cuadros. Tan lentamente salían de la oscuridad los perfiles de estos objetos, que mi propia imaginación podía creerse autora de aquel espectáculo.

El día iba descendiendo, y la iglesia se oscurecía por grados; pero una de las madres, tirando de unas cuerdas, descorrió la cortina negra de la alta ventana del coro, y entonces entró la luz crepuscular, dando a todo su verdadera forma. Retiráronse algunas monjas: yo sentí el tenue chocar de las medallas de sus rosarios cuando levantaban la rodilla, y luego algunos besos. Era fácil contar el número de las que salían por el número de los suaves estallidos que resonaban en aquel espacio, porque todas al salir besaban los pies de un Cristo colgado junto a la puerta. Yo atendía a esto cuando de las figuras que aún quedaban de rodillas en el centro del coro, se levantó una dirigiéndose a la reja y al mismo lugar en que yo estaba. Mi impresión al verla, al ver su cara, al ver sus ojos que me miraban, fue tan viva, tan aterradora que hube de quedar petrificado, me quedé con la sangre helada, la vida en suspenso, hecho una estatua de plomo. Lo que estaba viendo, ¿qué era? ¿Era una aberración, un delirio, una imagen del sueño, un juguete fantástico, obra de los ángeles traviesos para burlarse de los que con sus mundanas tristezas van a profanar la casa de Dios? La miré fijamente, atónito ante aquel enigma, ante aquel misterio; pero la visión no duró más que algunos segundos, porque la monja, llamada por otra, se apartó de la reja, y salió rápidamente del coro sin besar el pie del Santo Cristo.

Al hallarme solo reuní todos, absolutamente todos los rayos de mi razón, y juntándolos los dirigí a la confusa y negra oscuridad de aquel fenómeno. Quise desvanecer el celaje que envolvía mi inteligencia haciéndome estúpido, y me pregunté si lo que acababa de presenciar era reproducción de aquella burla de mis sentidos que poco antes me había hecho ver una mano en un pedazo de papel y oír mi nombre en el chirrido de una puerta. Me di golpes en la cabeza, busqué un sitio más solitario, donde, serenándome, pudiera poner en claro cuestión tan ardua, y sin saber cómo, di conmigo en el fondo de una capilla. En un cuadro que se ofreció de improviso a mis ojos vi una falange de ángeles, mil encantadoras criaturas de esas que sin más naturaleza corporal que una cabeza y dos alas, han creado los artistas para regocijar los lienzos de la pintura ascética. Atrajeron mi atención aquellos seres juguetones y enredadores: todos se reían con infantiles carcajadas y entremezclándose volaban, rasgando nubes, esparciendo flores con el batir de sus alas de pollo y dándose de coscorrones al chocar unas con otras las rubias cabecitas. Por momentos me parecía que avanzaba sobre mí aquella bandada de rostros voladores, y luego retrocedían haciendo con alegre algazara movimientos de miedo, para esconderse después tras una nube, y hacerme desde allí guiños con sus ojuelos, y encantadoras muecas con sus bocas.

A tal situación habían llegado mis sentidos cuando el sacristán, agitando un grueso manojo de llaves con cencerril estruendo, me hizo salir de la iglesia, pues yo era la única persona que quedaba en ella. Salí, y la luz de la calle pareció devolverme el sentido común, que, según mi propia opinión, había perdido. El tumulto de que poco antes hablé, continuaba más reciamente, y algunas personas atravesaron corriendo la plazuela. Entre estas vi un hombre, un caballero que corría azorado y con miedo, volviendo la vista atrás, deteniéndose a cada dos pasos, y vacilando luego sobre qué dirección tomaría. Fijose en mí, y al punto, llamándome por mi nombre, se me acercó con muestras de alegría por haberme encontrado. Era el diplomático.

XIII

—Gabriel —me dijo con voz temblorosa y sin dejar de mirar hacia el sitio del tumulto—, vas a hacerme un favor... ¡Los franceses! ¡Están ahí los franceses! Sí... yo he visto pasar por esa calle las gorras de pelo de a dos varas de alto... Bien lo decía yo... Mi sobrinita y mi hermana tienen unas cosas... a ellas solas se les ocurre mandarme con esta comisión, sin reparar que la pierna gotosa no me deja correr. Pero no doy un paso más... me retiro a casa... tú te encargarás de llevar las flores, la carta y el recado... ¿No oíste un tiro? Me parece que vienen por ese lado. ¡Jesús, esto es atroz! Si viene una bala perdida... Adiós, me voy; toma, chiquillo: encárgate tú de esto. Es muy fácil. Ahí está el convento. Mira, en aquel callejón está la puerta del torno. Entras, preguntas por la señorita Inés, la novicia... pues. Dices que vas de parte de la señora marquesa de Leiva. ¿Lo olvidarás?... ¡Dios mío! ¡Esas mujeres que pasan corriendo! Sin duda los muy tunantes intentan deshonrarlas. Me voy... Toma: entra tú en el locutorio. ¡Para qué vendría yo a estos malditos barrios! Toma el ramo de flores contrahechas... toma la carta, que darás a la señorita Inés... le dices que la señora marquesa está enojada con ella, y que es preciso que se decida a salir del convento... insiste mucho en esto, ¿eh?, dile que nos vamos para Madrid, y que en la corte del nuevo rey José I... ¡Demonio, eso que ha sonado es un tiro de obús!... Me parece que ahora cayó una granada en el techo de esa casa.

—¿Una granada? Lo menos cincuenta van disparadas ya —dije yo, atizando el fuego de su miedo para que se marchara pronto y me dejase tan sublime comisión.

—Conque, chiquillo —continuó, temblando como un azogado—, ¿lo harás bien? Si te dan contestación la llevas a casa. Ve pronto. Yo me escaparé corriendo por esta calle donde no se siente ruido... adiós.

Desapareció el diplomático, llevado por su miedo, y al punto entré en la portería del convento con febril alegría, y di fuertes porrazos en el torno. Una voz regañona me contestó:

—Deogracias —dije—. Vengo de parte de mi ama la señora marquesa de Leiva a traer un recado a la señorita Inés.

La portera me dijo que esperara en el locutorio, y al poco rato de estar allí corriose la cortina de éste y vi dos monjas. No sé cómo me pude mantener en pie. Una de ellas era Inés.

No me cabía duda alguna, era ella misma: en su semblante, adelgazado y pálido, habían impreso terribles huellas los sesenta días de incesantes pesares transcurridos desde el 2 de mayo; pero la reconocí, a pesar de la escasísima luz del locutorio, y la hubiera reconocido en la oscuridad de las entrañas de la tierra. Pareciome que al verme cerró los ojos, y que asió las rejas con sus dos manos para sostenerse. Cuando me dirigió la primera pregunta su voz temblaba de tal modo, que era imposible entender sus palabras. Sin poder decir una sola, incapaz de discurso y de movimiento, permanecí yo breve rato con la cara apoyada en la reja.

La monja que la acompañaba me obligó por fin a hablar.

—La señora marquesa me ha dado este ramo de flores y esta carta —dije introduciendo ambas cosas para que las tomara Inés.

—¡Ah, el ramo para el Santo Niño de la Enfermería! —dijo la monja vieja—. La señora condesa no se olvida de nosotras.

—También me ha dado un recado de palabra para la señorita Inés —continué—, y es que se prepare a salir del convento para partir con ella a Madrid dentro de algunos días.

—¡Oh! —exclamó la vieja—. La señora condesa y la señora marquesa hacen mal en contrariar la decidida vocación de esta niña. ¡Por qué ese empeño de llevarla al siglo, cuando ella quiere dejar sus maldades y abominaciones! La pobrecita no quiere cuentas con nadie más que con su prometido esposo, que es nuestro Señor Jesucristo.

—Madre Transverberación —dijo Inés con voz más entera—, el chocolate y los bollos que han hecho sus mercedes ayer para la señora condesa, ¿dónde están? ¿Los ha traído su merced?

—No por cierto.

—¡Si tuviera su merced la bondad de ir a buscarlos para que los lleve este mozo!

—Bien pudo usted haberlos traído —dijo gruñendo la vieja.

—Si la señora condesa no lo recibe esta tarde, se enojará mucho, y me será difícil convencerla de que no quiero dejar nunca más esta santa morada.

—Voy por él... ¡Qué niñas éstas!

Dejonos solos la madre Transverberación, y entonces hablé así:

—Inés mía, estoy vivo, he resucitado. Salí vivo de aquel montón de victimas, donde perdimos para siempre a nuestro buen amigo don Celestino. Al verme vivo y sin ti, pensé que Dios me había devuelto la vida para castigarme; pero ahora que te encuentro, alabo a Dios porque veo que no una, sino dos veces me ha devuelto la vida.

—¿Debo salir de aquí? ¿Debo hacer lo que me mandan esas señoras? —me preguntó Inés con impaciencia, porque temía la vuelta de la madre Transverberación.

—Sí, Inés, sal de aquí. Haz lo que te mandan esas señoras. ¿Qué dicen en esa carta?

—Toma, léela —dijo, alargándola al través de la reja.

A la escasa luz del locutorio pude leer la carta, que decía, entre otras cosas relativas al ramo y al chocolate, lo siguiente: «Esperamos que cesará tu obstinación en profesar. Nos oponemos resueltamente a ello, y no queremos que tu ingreso en el seno de esta familia sea señal de aniquilamiento de nuestra casa. Ya te dijimos que habíamos determinado casarte con un joven de alto linaje, proyecto en el cual estriba la felicidad y grandeza y lustre de la familia a que perteneces. Todo está concertado, y aunque se aplace por motivo de la guerra, al fin tiene que ser; de modo que si persistes en profesar, nos llenarás de dolor. ¿No anhelas servirnos de consuelo en nuestra soledad? ¿No correspondes al mucho amor que te profesamos? ¿No deseas ocupar el puesto que te pertenece en nuestro corazón y en nuestra casa? Mi sobrina y yo iremos a convencerte, y en tanto disponemos el viaje a Madrid, adonde nos acompañarás, porque tu presencia es indispensable a las diligencias de tu legitimación.»

—Sí, saldré —dijo Inés cuando acabé de leer la carta—. Ya no quiero estar más aquí.

—¿Pues qué, estabas decidida a profesar?

—Sí, muy decidida. Nada me consolaba sino la idea de encerrarme aquí para siempre. Cuando me trajeron a Córdoba... ¡qué días y qué viaje!, yo no sabía lo que era de mí. Me encerraron en este convento... luego vinieron esas señoras a decirme que era su sobrina... me besaron... lloraron mucho las dos... luego dijeron que me iban a casar, y cuando les contesté: «Pues ya que me han puesto aquí, aquí me he de quedar toda la vida», ambas se afligieron mucho... Me visitan con frecuencia, acompañadas de un señor de edad que me hace mil caricias, y asegura quererme mucho; pero siempre me he negado a ceder a sus ruegos para salir.

—¿Y ahora?

—Las paredes del convento se me caen encima, y anhelo salir.

—¡Pero te van a casar! —exclamé indignado—. Te quieren casar y no se hunde el mundo.

Entonces se rió, creo que por primera vez después de mucho tiempo, y aquella espontánea alegría me pareció expresión de una renaciente vida. Inés salía del seno del claustro como yo del montón de muertos de la Moncloa, y al contestar con una sonrisa a mis amorosas quejas, sacaba del sepulcro de la Orden el pie que tan impremeditadamente había metido dentro. Viéndola reír, reíme yo también, y al punto olvidando la situación, nos hablamos con la confianza de aquellos tiempos en que de nuestras penas hacíamos una sola.

—¡Ay, chiquilla! Ahora que eres archiduquesa y archipámpana, ¿no tienes vergüenza de quererme?

—¿Pero qué quieren hacer de mí? —dijo Inés poniéndose triste otra vez.

—Mira, princesa; haz lo que te mandan esas señoras: obedécelas en todo. Ya habrás conocido el parentesco que tienes con ellas. Dios te ha puesto en sus manos: acepta lo que Dios te da, y él arreglará lo demás.

—Saldré del convento —afirmó ella—. ¡Ay! Las madres se van a asustar cuando me lo oigan decir. Pero ya Dios no quiere que yo sea monja.

—No lo serás, no; y cuando yo vuelva de la guerra...

—¿Pero vas tú a la guerra? Chiquillo, ¿quién te ha metido en guerras?

—¿Pues qué he de hacer? ¿Quieres que toda la vida sea criado? Escucha, Inés, lo que me pasó hace días en casa de la señora condesa. Fui a visitarla, y habiendo cometido la indiscreción de decirle que te amaba, se enfureció de tal modo que me hizo poner en la puerta de la calle.

Inés cruzó las manos, dejándolas caer luego con desaliento sobre su falda, mientras elevaba sus ojos al cielo, sin decir nada.

—No soy más que un criado, Inés —exclamé agarrándome con fuerza a la reja y sacudiéndola, como si quisiera hacerla pedazos—; no soy más que un miserable chico de las calles, indigno de ser mirado por personas de tu clase. Después que nos separamos, mira qué distantes estamos uno de otro. Pero no creas que lo siento; me gusta verte donde debes estar.

—¿Y tú? —me preguntó con perplejidad.

—Yo haré lo que deba, Inesilla. Sal de este convento, ve con esas señoras, y espérame tranquila, con la seguridad de que iré a buscarte. Si para entonces no has variado... si te encuentro la misma...

Inés me contestó al instante pasando su dedo índice por uno de los huecos de la reja. Yo se lo besé, se lo mordí tan sin pensarlo, que ella no pudo contener un pequeño grito, a punto que la madre Transverberación regresaba con el chocolate y los bollos.

—¿Qué es eso, niña? —exclamó la vieja asombrada de oírla chillar.

—Nada, madre Transverberación. Esta reja tiene unos picos... Al mover la mano me lastimé un dedo —repuso Inés chupándose la coyuntura del dedo índice y sacudiéndolo después para aparentar el dolor del supuesto rasguño.

—Aquí están el chocolate y los bollos —añadió la monja—. Vaya, ya es tiempo de que se marche ese mocito, porque oscurece y no es ésta hora de tener abierto el locutorio.

—Rabiando estoy por marcharme —dije—. Vengan acá esos bollos y ese chocolate, que la señora marquesa ha de estar con el alma en un hilo, aguardando tan buenas cosas. ¿Y qué le digo a su merced en contestación al recado que tuve el honor de traer?

—Que está muy bien —contestó Inés apretando su cara contra la reja—. Que haré lo que me mandan, y que cuando quieran venir por mí, estoy dispuesta a salir del convento.

—¿Cómo es eso, niña? —dijo alarmada la monja—. ¡Que quiere usted salir! ¡Qué pensará su futuro esposo Jesucristo si llega a sus oídos lo que usted ha dicho! Y tiene que saberlo forzosamente, porque Él está en todas partes y todo lo oye. Nada, nada —añadió arrimando su hocico a la verja—. Rapaz, a la señora marquesa dirá usted que la niña persiste en su ejemplar vocación, y que si quieren verla enfadada y bufando de rabia, que le hablen del siglo y sus tentaciones.

Inés prorrumpió en una carcajada tan natural, tan graciosa, tan fresca, tan jovial, que hasta las paredes del convento parecían regocijarse con tan alegre música.

—¿Qué risas tan mundanas son esas? —dijo la madre Transverberación—. Es la primera vez que se ríe usted de ese modo en esta casa. ¿Qué pasa para tanta alegría?... Adentro, niña, adentro y daremos parte de este inaudito desenfado a la madre abadesa.

Cerrose el locutorio y salí a la calle. Sentíame con nueva vida, con centuplicadas fuerzas en mi espíritu y en mi cuerpo; sentíame capaz de todo, de la abnegación, de la lucha, hasta del heroísmo, porque la presencia y las palabras de Inés habían abierto desconocidos horizontes, inmensos espacios delante de mí.

XIV

Antes de llegar a la posada, fuerte ruido de tambores y cornetas me anunció la salida del ejército. Corrí a buscar mis armas y mi caballo, y antes de que se notara mi falta, ya estaba en fila con el señorito conde de Rumblar, Marijuán y los demás de la partida. Era ya de noche cuando salimos, y el pueblo todo tomó parte en aquella espontánea fiesta de nuestra despedida: millares de luces se encendieron a nuestro paso en balcones y puertas; ninguna mujer dejó de saludarnos desde la reja, ya sin galán, y todos los chicos engendrados por aquella fecunda generación, salieron delante de los tambores acompañándonos hasta más allá de la Puerta Nueva.

Anduvimos toda la noche, y al día siguiente, al salir del Carpio, nos desviamos del camino real de Andalucía tomando a la derecha en dirección a Bujalance. Durante esta primera jornada encontramos a Santorcaz, que había salido de Bailén para incorporarse a su cuadrilla, y a todos nos dio mucho gusto el verle.

—Aquí traigo varios regalitos que le manda a usted su señora mamá —dijo a mi amo, entregándole unos paquetes—. La señora estaba desazonada por no haber tenido noticias de usted, y me encargó que le cuidase bien. ¿Hizo el señor conde las visitas que doña María le encargó?

—Puntualmente —contestó mi amo—. Y usted, ¿por qué no ha venido antes?

—¡Qué demonio! —exclamó Santorcaz—. Con estas cosas ni tenemos posta, ni quien lleve una carta. Sin embargo, yo recibí las que esperaba, y aquí estoy al fin, deseando, como los demás, que tropecemos con los franceses.

Desde entonces fue Santorcaz el principal personaje de la cuadrilla después del amo, lugar que supo conquistarse con su desenvoltura y la amenidad subyugadora de su conversación. Él ponía todo su esmero en agradar a don Diego, cosa fácil de conseguir; y siempre fijo al lado de este, cautivó prontamente el ánimo del buen chico, ya contándole hazañas y extraordinarios hechos, ya sugiriéndole con su fértil imaginación ideas y conceptos propios para enloquecer a un joven de chispa, pero muy atrasado en su desarrollo intelectual.

Y a todas estas, señores míos, ni una palabra os he dicho de aquel ejército, ni de su extraña composición; pero atended ahora, que lejos de ser tarde, es esta la ocasión propicia de hacerlo, según el refrán que dice: cada cosa en su tiempo y los nabos en adviento.

La base del ejército de Andalucía estaba en las tropas del campo de San Roque mandadas por Castaños, y en las que después trajo don Teodoro Reding de Granada. Componíase de lo más selecto de nuestra infantería de línea, con algunos caballos y muy buena artillería, no excediendo su número de trece a catorce mil hombres. Agregáronse a aquellas fuerzas algunos regimientos provinciales y los paisanos que espontáneamente o por disposición de las Juntas, se engancharon en las principales ciudades de Andalucía. Difícil es conocer la cifra exacta a que se elevaron las fuerzas de paisanos armados; pero seguramente eran muchos, porque la convocatoria había llamado a todos los mozos de dieciséis a cuarenta y cinco años, solteros, casados y viudos sin hijos, de cinco pies menos una pulgada, medidos descalzos. Además de los notoriamente inútiles, como cojos, mancos, ciegos, etc., se exceptuaba a los que tenían su mujer embarazada o ejercían cargos públicos, así como a los ordenados de Epístola; pero no había excepción por razón de cosecha o labores del campo. Los únicos rechazados de las filas, sin tener aquellos reparos, eran los *negros, mulatos, carniceros, verdugos* y *pregoneros*. Con paisanos, pues, creó Sevilla cinco batallones y dos regimientos de caballería; Cádiz mandó el batallón de tiradores que llevaba su nombre, y las ciudades y villas de Utrera, Jerez, Osuna, Carmona, Jaén, Montoro y Cabra, enviaron cuerpos de infantería y caballería de número irregular.

Esto aumentó el ejército; pero aún debía crecer un poco más aquel que empezó enano y debía ser gigante terrible, si no por su tamaño, por su fuerza. Los militares españoles que el Gobierno de Madrid incorporaba a las divisiones de Moncey, de Vedel o de Lefebvre iban huyendo de sus traidoras filas en cuanto se les presentaba ocasión para ello, de tal modo que al verificar sus marchas aquellos ejércitos por parajes montuosos y accidentados, veían que los españoles se les escapaban por entre los dedos, como suele decirse. Los desertores acudían a engrosar las tropas del ejército de Blake, del de Cuesta o del de Castaños; y a Carmona y a Córdoba llegaron muchos, escapados de las filas de Moncey, así como casi todos los que hacían la campaña de Portugal con Junot. Aquellos oficiales y soldados al romper la disciplina literal que los sujetaba a la Francia invasora para acudir al llamamiento de la disciplina moral de su patria oprimida, hacían el viaje disfrazados, traspasaban a pie las altas montañas y los ardientes llanos, hasta encontrar un núcleo de fuerza española. Daba lástima verles llegar rotos, descalzos y hambrientos, aunque su gozo por hallarse al fin en tierra no invadida les hacía olvidar todas las penas. Con estos desertores, entre quienes había guardias de corps, walones, ingenieros, y artilleros, aumentó un poco nuestro ejército.

Pero aún creció algo más. La Junta de Sevilla había indultado el 15 de mayo a todos los contrabandistas y a los penados que no lo fueran por los delitos de homicidio, alevosía o lesa majestad divina o humana, y esto trajo una legión, que si no era la mejor gente del mundo por sus costumbres, en cambio no temía combatir, y fuertemente disciplinada, dio al ejército excelentes soldados. Ibros, lugar célebre en los fastos del contrabando; Jandulilla, Campillo de Arenas, y otras localidades, entregadas más tarde al sable de la guardia civil y de los carabineros, enviaron respetables escuadrones, con la particularidad de que por venir armados hasta los dientes, y ser todos unos caballeros de muy buen temple, que sabían dónde echaban la boca del trabuco, se les reputó como auxiliares muy eficaces del ejército. Cuerpos reglamentados españoles, con algunos suizos y walones; regimientos de línea que eran la flor de la tropa española; regimientos provinciales que ignoraban la guerra, pero que se disponían a aprenderla; honrados paisanos que en su mayor parte eran muy duchos en el arte de la caza, y por lo general tiraban admirablemente; y por último, contrabandistas, granujas, vagabundos de la sierra, chulillos de Córdoba, holgazanes convertidos en guerreros al calor de aquel fuego patriótico que inflamaba el país; perdidos y merodeadores, que ponían al servicio de la causa nacional sus malas artes; lo bueno y lo malo, lo noble y lo innoble que el país tenía, desde su general más hábil hasta el último pelaire del Potro de Córdoba, paisano y colega de los que mantearon a Sancho, tales eran los elementos del ejército andaluz.

Se formó de lo que existía; entraron a componer aquel gran amasijo la flor y la escoria de la Nación; nada quedó escondido, porque aquella fermentación lo sacó todo a la superficie, y el cráter de nuestra venganza esputaba lo mismo el puro fuego, que las pestilentes lavas. Removido el seno de la patria, echó fuera cuanto habían engendrado en él los gloriosos y los degenerados siglos; y no alcanzando a defenderse con un solo brazo, trabajó con el derecho y el izquierdo, blandiendo con aquel la espada histórica y con este la navaja.

En cuanto a uniformes y trajes, los había de todas las formas conocidas. Es prodigioso cómo se equipó aquel ejército de paisanos en dieciséis días. La administración actual, con todos sus recursos, es un sastre de portal comparada con aquel confeccionador que puso en movimiento millones de agujas en dos semanas. En cierto estado que la historia no ha creído digno de sus páginas, pero que existe aún, aunque en el olvido, se consigna el número de piezas de vestuario que hicieron gratuitamente las monjas y señoras de Sevilla. Dice así: «Por las comunidades y señoras de distinción se han hecho 3.335 camisas, 1.768 pantalones y 167 casacas de soldado: 1.001 camisas, 312 pantalones y 700 chalecos de sargento: 374 botines de paño, 149 sacos de caballería, 16 mochilas y 1.684 escarapelas.» Las señoras de Alcolea, las de Carmona, Lora del Río y otros pueblos figuran en la cuenta con cifras parecidas.

Esta diversidad de manos en la hechura del vestuario indica que la voz uniforme, en lo tocante a voluntarios, era una palabra. Al lado de las casacas blancas con solapa negra, carmesí o azul que vestían la mayor parte de los regimientos de línea; al lado de las levitas azules con bandolera que vestían los walones y los suizos, veíamos los chaquetones de paño pardo con que se cubría la gente colecticia. Entre los altos morriones de la artillería y las gorras de los granaderos, llamaban la atención nuestros blancos sombreros portugueses y las gorras de cuartel y los tocados de innumerables clases con que cubrían sus chollas los tiradores y voluntarios de los pueblos. Como antes he dicho, aquel ejército hacía reír.

¿Y el dinero para la guerra? Causa risa ver cómo se da hoy de calabazadas un ministro de Hacienda para *arbitrar* con destino a otra guerra unos cuantos millones que nadie quiere darle si no hipoteca hasta el último pingajo de la Nación. Aprended, generaciones egoístas. Leed las listas de donativos hechos por los gremios, por los comerciantes, por los nobles y hasta por los mendigos. ¡Aquel sí era llover de dinero, y reunirlo a montones, sin que ni un realito de vellón se escapase por entre los agujeros del cesto administrativo! En la lista de donaciones hay una partida conmovedora que dice así: «La señora condesa viuda de Montelirios ha entregado su *toaleta* de plata, manifestando el sentimiento de que sus medios no alcancen tanto como su voluntad.»

¿Habrá hoy quien dé su *toaleta*?...

XV

Nuestra marcha por Cañete de las Torres en dirección al río Salado era un verdadero paseo triunfal, mejor dicho, casi no parecía que marchábamos, porque la gente de los pueblos, incluso mujeres, ancianos y chicos, nos seguían a un lado y otro del camino, improvisando fiestas y bailes en todas las paradas. Cuando el ejército se detenía, se eclipsaban en apariencia todos los males de la patria, porque la tropa, recobrando el buen humor, convertía el campamento en una especie de feria. Yo no sé de dónde salían tantas guitarras; no pude comprender de qué estaban hechos aquellos cuerpos tan incansables en el baile como en el ejercicio, ni de qué metal durísimo eran las gargantas, para ser tan constantes en el gritar y cantar.

Durante la primera semana del mes de julio no nos faltaron víveres abundantes, así es que lo pasábamos perfectamente; y como tampoco tropezamos con los franceses, que estaban establecidos, aunque muy inquietos, al otro lado del río, a todos, especialmente a los inexpertos, nos parecía la guerra una ocupación dulcísima. Sobre todo el condesito de Rumblar no cabía en su pellejo de puro alborozado; y como con el roce de tanta y tan diversa gente se iba despabilando por extremo, llegó a adquirir con la nueva vida un desembarazo, un dominio de su propia persona que antes no tenía. Santorcaz, como dije, había logrado en poco tiempo gran ascendiente sobre don Diego, de tal modo que cuanto nuestro mozalbete ponía por obra, lo consultaba con aquel. Marijuán en cambio hacía buenas migas con un servidor de ustedes, y siempre juntos en las marchas y en los descansos, nos contábamos nuestras cosas, compadeciéndonos y consolándonos mutuamente. Nosotros dos solos y sin dar parte a nadie nos comimos el divino chocolate y los bollos de la madre Transverberación.

Todo el ejército tenía gran impaciencia por venir a las manos con la *canalla*. Como existen en todo campamento, además del supremo consejo que se celebra en la tienda del general, tantos consejillos como grupos de soldados se escalonan aquí y allí en la cantina o en el campo raso, para echar una caña o tirar un par de cartas, nosotros estábamos dilucidando siempre en pequeños cónclaves la eterna cuestión de nuestro encuentro con los franceses. ¡Cuántas veces reunidos junto a un tambor donde había un jarro de vino, dispusimos el paso del río, el ataque del enemigo en su posición de

Andújar, u otra hazaña de la misma harina! Un día hallándonos en Porcuna, y después que se nos unió el ejército de Reding, resolvimos, después de ardiente discusión, que nuestros generales estaban atolondrados, y sin saber qué plan adoptarían. El conde de Rumblar dijo que iba a escribir a su maestro don Paco, para que le dijera lo que más convenía hacer; pero como todos se rieron de esta ocurrencia, nuestro generalito se amoscó y fue a que le consolara con sus adulaciones interminables el lugarteniente Santorcaz.

Por último, tras largo consejo celebrado por los generales, se dijo que iban a ser distribuidas las divisiones para tomar la ofensiva inmediatamente. Aquel día, que fue si no recuerdo mal el 12 o el 13 de julio, vi por primera vez al general Castaños, cuando nos pasó revista. Parecía tener cincuenta años, y por cierto que me causó sorpresa su rostro, pues yo me lo figuraba con semblante fiero y ceñudo, según a mi entender debía tenerlo todo general en jefe puesto al frente de tan valientes tropas. Muy al contrario, la cara del general Castaños no causaba espanto a nadie, aunque sí respeto, pues los chascarrillos y las ingeniosas ocurrencias que le eran propias las guardaba para las intimidades de su tienda. Montaba airosamente a caballo, y en sus modales y apostura había aquella gracia cortés y urbana, que tan común ha sido en nuestros Césares y Pompeyos. Es preciso confesar que a caballo y en las paradas hemos tenido grandes figuras. Esto no es decir que Castaños fuera simplemente un general de parada, pues en 1808, y antes de inmortalizar su nombre tenía muy buenos antecedentes militares, aunque había hecho su carrera con rapidez grande, si no desusada en aquellos tiempos. A los doce años de edad obtuvo el mando de una compañía; a los veintiocho le hicieron teniente coronel y a los treinta y tres coronel. Si en su juventud no asistió a ninguna campaña, en 1794, y cuando tenía treinta y ocho años y la faja de mariscal de campo, estuvo en la del Rosellón a las órdenes del general Caro, y allí le hirieron gravemente en el lado izquierdo del cuello. Cuentan que la ligera inclinación de su cabeza hacia aquel lado provenía de la tal herida.

Voy a decir de qué manera nos distribuyeron. La primera división la mandaba Reding, la segunda Coupigny y la tercera Jones: la reserva estaba a las órdenes de don Juan de la Peña, y mandaban destacamentos sueltos compuestos poco más o menos de mil hombres, y en calidad de tropas volantes para mortificar al enemigo, don Juan de la Cruz, el marqués de Valdecañas y don Pedro Echévarri, que después fue uno de los más famosos polizontes de la reacción. Trescientos escopeteros que habían salido Dios sabe de dónde, eran capitaneados por el presbítero don Ramón de Argote. ¿No es verdad que hubiera estado mejor diciendo misa?

A caballo éramos tres mil, fuerza no muy grande si se considera que íbamos a operar en país entrellano y contra jinetes muy aguerridos; pero en cambio nuestra artillería era de primer orden. Teníamos veinticuatro piezas, servidas por el Real Cuerpo, con lo más florido de aquella oficialidad a quien estaba reservada la mayor gloria de la guerra, desde el 2 de mayo hasta la batalla de Vitoria.

Nosotros nos extendíamos por la izquierda del Guadalquivir, ocupando los pueblos de Porcuna y Lopera; y alargando una de nuestras alas por el camino de Arjonilla, observábamos la orilla derecha, mientras la otra ala se extendía hacia Higuera de Arjona buscando a Mengíbar. El francés ocupaba a Andújar con las fuerzas que primitivamente trajo a Andalucía, y que habían vencido en el puente de Alcolea y saqueado a Córdoba. La división de Vedel, fuerte de diez mil hombres, ocupaba a Bailén, y la pequeña división de Ligier-Belair, el mismo general a quien vimos batirse con los vecinos de Valdepeñas en los primeros días de junio, estaba en Mengíbar guardando el paso del río por aquella parte. Andújar, Bailén, Mengíbar. Del primero al segundo punto corría la carretera general de Andalucía, desde Bailén a Mengíbar el camino que iba a Jaén, y desde Mengíbar a Andújar el río. Conserven ustedes en la memoria la disposición de este triángulo para comprender la importancia de los movimientos de ambos ejércitos.

Cualquiera que fuese el pensamiento de nuestros generales, lo cierto es que la primera división recibió orden inmediata de ponerse en marcha, mientras Castaños con la tercera y la reserva se dirigía hacia el puente de Marmolejo para pasarlo y atacar a Dupont en Andújar. Ya he dicho que mandaba don Teodoro Reding la primera división: lo que aún no ha sido escrito por la historia ni dicho por mí, es que yo formaba parte de ella, porque toda la caballería voluntaria había sido incorporada, mejor dicho, fundida en los batallones del ejército, que apenas contaban con la mitad del contingente. A mi amo y a los que le seguían nos tocó formar en las filas del regimiento de Farnesio, mientras que los lanceros de Sevilla fueron casi todos incorporados al regimiento de España.

El día 13 nos separamos de nuestros compañeros y tomamos el camino, mejor dicho, las veredas y trochas que conducían a Mengíbar. No llegábamos a seis mil; pero éramos buena gente aunque me esté mal el decirlo. El regimiento de guardias walones, los suizos, el de la Corona, el de Irlanda, el de Jaén, los granaderos provinciales, los fusileros de Carmona, la caballería de Farnesio y las seis bocas de fuego que mandaba don Antonio de la Cruz, eran piezas respetables, orgullosas de sí mismas. Teníamos por general a un hombre impetuoso, de más arrojo que prudencia, mediano táctico; pero incansable en las marchas. Nuestro jefe de Estado mayor, don Francisco Javier Abadía, era un militar muy entendido, quizás de los mejores que entonces tenía el ejército español, y el coronel puesto al frente de la artillería pasaba por un oficial de mucho entendimiento en su arma. Nosotros le llamábamos el sainetero por ser hijo de don Ramón de la Cruz.

Adelante, pues. Al llegar a Mengíbar, encontramos la población muy alborotada, porque un destacamento francés enviado a Jaén en busca de víveres, después de saquear horriblemente esta ciudad, había retrocedido a su cuartel general asolando a su paso la comarca. De Jaén se contaban atrocidades que apenas son creíbles en militares de un país europeo. Dijéronnos que mujeres y niños habían sido inhumanamente degollados y que igual muerte padecieron dentro de sus mismos hospitales varios frailes agustinos y dominicos enfermos. La consternación de aquellos pueblos era excesiva, y al aproximarse las tropas acudían en tropel a nuestro encuentro, derramando lágrimas de ira, suplicándonos que no dejáramos vivo un francés, y pidiendo los viejos aún fuertes y los rapaces de doce años que se les dejase marchar entre las filas para ayudarnos. Según nos decían, después del saqueo, en los caseríos inmediatos al tránsito, Almenara, Fuente del Rey, Grañena y otros no habían dejado ni un grano de trigo, ni un azumbre de vino, ni un puñado de paja. Hasta las medicinas de las boticas y de los hospitales de Jaén fueron robadas, y al propio tiempo ni un carro ni una mula quedaron en todos aquellos contornos.

Muchas familias expoliadas habían acudido a Mengíbar. En la plaza del pueblo dos frailes escapados a las carnicerías de Jaén, predicaban el exterminio de los franceses. Al ver la indignación de aquella infeliz gente robada y vejada, al ver las mujeres que acudían frenéticas y rabiosas pidiéndonos que vengáramos a sus inocentes hijos degollados sin piedad en la cuna, comprendí las crueldades de que por su parte empezaban a ser víctimas los franceses, cuando se rezagaban.

XVI

Antes de decidirse a pasar el río, nuestro general mandó una pequeña fuerza en reconocimiento de la situación de las tropas de Coupigny. Algunos jinetes de Farnesio tomaron parte en esta expedición, y Marijuán que fue en ella, nos contó a su regreso en la tarde del 15, que habían encontrado la división del marqués hacia Villanueva de la Reina, donde le entregaron los pliegos de Reding. Desde el campamento de Coupigny se había visto una gran polvareda en la orilla derecha, y parecía que la división de Vedel marchaba desde Bailén a Andújar, para reforzar a Dupont, que ya había trabado la lucha con Castaños. La gente venida de Arjonilla aseguraba haber oído fuerte cañoneo hacia la parte de los Visos.

—A estas horas —decía Marijuán—, o ellos o los de Castaños han de estar derrotados.

—¿Y qué esperaba el marqués en Villanueva de la Reina? —preguntó Santorcaz con aquella suficiencia estratégica que le hiciera tan digno de admiración a los ojos del joven don Diego.

—Allí se estaba tan quieto —repuso Marijuán—. Parece que está de acuerdo con nuestro general para operar en combinación y atacar juntos a Bailén.

—¿Pero qué estrategia es esa, ni a qué conduce atacar a Bailén? —dijo Santorcaz, atrayendo en su alrededor un círculo de soldados—. ¿No dices que la división Vedel salió de Bailén y está ya sobre Andújar?

—Sí: así lo decían en Villanueva.

—Pues si no hay enemigos en Bailén, ¿qué es eso de atacar a Bailén? Se tratará de ocuparlo para luego avanzar por el arrecife y embestir a Dupont y a Vedel por la espalda, mientras Castaños, Jones y Peña lo atacan de frente.

—Eso, eso será —dijimos todos—. De ese modo les cogeremos entre dos fuegos y no escapará ni una patena de las que han robado en Córdoba.

—Pero si ese es el plan, ya debía estar puesto en ejecución. Si se están batiendo en Andújar, a estas horas deberíamos estar nosotros cayendo sobre la retaguardia francesa; mientras que si nos ponemos en marcha esta noche y llegamos mañana, sabe Dios...

Al anochecer se nos puso en movimientos río arriba, lo cual no comprendimos ni poco ni mucho hasta que algunos compañeros que eran del país y conocían el terreno nos dijeron que íbamos buscando el vado del Rincón para pasar al otro lado. Por la noche algunas fuerzas de infantería y dos piezas pasaron por junto a la barca, mientras el grueso del ejército con la caballería nos disponíamos a hacerlo media legua más arriba. Antes de amanecer sentimos algunos tiros del otro lado, y diósenos orden de hacer el menor ruido posible, y de no encender lumbre. La noche era calurosa: habíamos comido poco y mal el día anterior, y con esto y el no dormir no estábamos del mejor humor; pero la guerra tiene mil contrariedades, y ojalá fueran todas como aquella. Entramos al fin en el río, cuya frescura era agradable a nuestros cuerpos, secos e irritados por el calor y el polvo, y algún tiempo después, cuando comenzaban a iluminar el horizonte los primeros vislumbres de la aurora, ya éramos dueños de la orilla derecha. El mayor general Abadía, que había dirigido el paso, nos mandó replegarnos a un sitio bajo, donde casi toda la fuerza podía permanecer oculta, y allí aguardamos más de media hora. No se veían los enemigos por ningún lado; pero allá lejos hacia la barca continuaba cada vez más vivo el tiroteo de fusil.

El terreno es por allí bastante quebrado, abundando los matorrales y chaparros; y entre estos designaron un camino de trocha por donde avanzó la infantería, mientras a los de a caballo se nos mandó caminar por terreno más alto. Habíamos tomado tan al pie de la letra la orden de no hacer ruido, que avanzamos despacio y silenciosamente con el alma en suspenso y los ojos atentamente fijos en el último término del terreno hacia la izquierda, punto donde se había trabado la acción. Vimos al fin a los franceses tiroteándose con nuestros compañeros, con aquellos que habían pasado la barca durante la noche, y luchaban en un campo bajo salpicado de espesos matorrales.

En una pequeña loma, y como a dos tiros de fusil de aquel sitio, brillaba inmóvil e imponente una cosa que desde el primer momento atrajo nuestras miradas, infundiéndonos cierto recelo. Era un escuadrón de coraceros, la mejor caballería del ejército de Dupont. Todos los jinetes contemplamos el resplandor de las bruñidas corazas, en cuyos petos el Sol naciente producía plateados reflejos; y después de mirar aquello sin decir nada, nos miramos unos a otros, como si nos contáramos. Ni una voz se oía en nuestras filas: a todos se nos había cambiado el color, y temblábamos aunque cada cual hiciera esfuerzos por disimularlo. El único rumor que turbaba el profundo silencio de nuestro regimiento, donde hasta los caballos parecían contener el aliento y explorar el campo con atónitos ojos, era un ligero y casi imperceptible son metálico producido por las estrellas de las espuelas. Aquel temblor de piernas es un accidente que la caballería observa siempre en el comienzo de todas las batallas.

El combate, principiado en guerrillas, arreciaba desde que empezó la infantería a desplegar un frente compacto de consideración. Pero casi toda la tropa española se mantenía en reserva, esperando a saber fijamente si los franceses ocultaban una gran fuerza en la carretera de Bailén. Mientras el frente español aumentaba sus tiros, resistiendo a las innumerables guerrillas francesas, que al abrigo de sus posiciones medio atrincheradas hacían fuego mortífero, la artillería continuaba a retaguardia, y la caballería, asimismo fuera de acción, recibió orden de ocupar un cerro a mano derecha. Fijos allí, no quitábamos los ojos de la tremenda fila de corazas que resplandecían en la loma de enfrente, quietas y confiadas en su valor y pesadumbre. Aquella fuerza era muy superior a la nuestra por su organización y la marcialidad de cada uno de sus soldados; pero nosotros teníamos sobre ella, además de la ventaja numérica, que no era de gran valor, dada nuestra impericia, la siguiente ventaja moral: puestos ellos en la vertiente anterior de una loma, todo su poder y su número se presentaban a nuestra vista: no había más coraceros que aquéllos, y podíamos contarlos uno por uno. Nosotros, en cambio, estábamos sabiamente colocados por el mayor general en otra altura parecida; pero solo una quinta parte del regimiento ocupaba la parte culminante de la loma, mientras que todo lo demás se extendía en la vertiente posterior, permaneciendo completamente oculto a la vista del enemigo; de modo que si nosotros les contábamos perfectamente a ellos, los franceses, engañados por la apariencia, se reirían de los treinta o cuarenta jinetes sin uniforme, enseñoreados del cerro con aire de perdona vidas.

Nosotros teníamos sobre ellos la ventaja de lo desconocido, que es el genio tutelar de las batallas, de eso que no se ve y que en el momento apurado y crítico sale inopinadamente de lo hondo de un camino, del respaldo de una loma, de la espesura de un bosque; combatiente de última hora que la tierra echa de su seno, y se presenta fresco, sin heridas ni cansancio a decidir la victoria.

Nuestras filas habían desalojado a los franceses de sus posiciones. Les vimos replegarse en desorden y entonces cesó la inmovilidad de los coraceros. Los resplandecientes petos despedían múltiples reflejos, y ordenadamente descendieron de su colina en perfecta fila. Relincharon sus caballos, y los nuestros relincharon también, aceptando el reto. Pero entonces ocurrió uno de esos cambios de escena tan frecuentes en la guerra, y cuyo artificio, si cae en buenas manos, basta a decidir la victoria. Arrojadas nuestras filas sobre las guerrillas enemigas, clareado el terreno y puestas en juego algunas piezas de artillería, viose que los franceses vacilaban, agrupándose y retrocediendo como si buscaran nuevas posiciones. Se nos dio orden de avanzar bajando, y una vez en llano, convertimos sobre nuestro flanco, para formar un largo frente de batalla. La infantería francesa estaba delante de nosotros, resguardada por sus coraceros: pero estos observando nuestro movimiento y reconociendo al instante su indudable inferioridad, invadieron precipitadamente la carretera. La retirada era cierta. Se nos formó en columnas, dándonos orden de cargar, y el regimiento se puso rápidamente al galope. Parecía que la misma tierra, sacudiéndose bajo las herraduras de nuestros caballos, nos echaba hacia adelante. Aquellos primeros pasos tras un ideal de gloria, acompañaron voces de guerra mezcladas con piadosas invocaciones.

—¡Madre nuestra, Santa Virgen de Araceli, ven con nosotros!

—¡Viva España, Fernando VII, y la Virgen de la Fuensanta!

Ya nadie pensaba en tener miedo: muy lejos de esto, todos los de mi fila rabiábamos por no estar en las de vanguardia, en aquellas filas dichosas que acometían a sablazos a los franceses de a pie, ya pronunciados en completa dispersión. Tal era nuestro furor bélico en aquella fácil victoria, que don Diego, Marijuán y yo, no encontrando a derecha e izquierda francés alguno, hacíamos grande estrago con nuestros sables en los arbustos del camino, diciendo: «Perros, canallas, ya sabréis cómo las gastamos los españoles.»

La gloria de cargar sobre la infantería francesa perteneció tan solo a las primeras filas, aunque no les duró mucho el regocijo, porque los enemigos, convencidos ya de que no tenían fuerza bastante para hacernos frente, tomaban a toda prisa el camino de Bailén. Una vez posesionados del camino, seguimos adelante; pero los caballos enemigos corrían a todo escape, y la infantería se puso en salvo por las veredas, dispersándose a un lado y otro de la carretera. Sobre las diez nos detuvimos, y puestas en orden las columnas, avanzamos despacio, porque recelábamos de ser atacados por una división entera. Entretanto nuestras pérdidas habían sido nulas en la caballería, y escasas, aunque sensibles, en la infantería, que perdió un capitán del regimiento de la Reina y bastantes soldados.

Después de haber perdido de vista a los enemigos, continuamos la marcha hacia Bailén, si bien con mucha cautela, pues había la presunción de que los franceses, reforzados con gran número de tropas y caballos y artillería, se nos presentarían de nuevo en mitad del camino, sorprendiéndonos en nuestra triunfal carrera. Así fue en efecto. A eso del medio día nuestras columnas avanzadas recibieron el fuego de los imperiales, que rehechos con un destacamento que había llegado de Linares, trataban de ganar lo perdido.

Furiosos por el reciente desastre, acometieron briosamente a nuestra vanguardia. Tomamos posiciones, y las tropas ligeras, ayudadas de un enjambre de paisanos, se diseminaron por las escabrosidades colindantes, desde cuyos matorrales mortificaban a los franceses con fuego menudo. La caballería entretanto continuaba muy lejos de la acción, y aunque nuestro deseo hubiera sido que se nos enviara a lo más recio para desahogar la furia de nuestro enardecido pecho, Dios quiso por fortuna que no llegase esta ocasión, pues la escaramuza terminó de improviso; cesaron los tiros, y vimos con sorpresa que los franceses, como poseídos de súbito pavor, retrocedían a la desbandada hacia Bailén, recogiendo precipitadamente sus heridos.

¿Qué ocurría? Según después supimos, los franceses había tenido una pérdida funesta, la de su general Gobert, el cual cayó mortalmente herido por una de esas balas de invisible guerrero, que salían de entre las malezas para taladrar el corazón del Imperio. Aquel valiente militar murió pocas horas después en Guarromán. Dueños nosotros del campo, y sin enemigos a la vista, parecía natural que fuéramos sobre Bailén; pero el ejército volvió hacia Mengíbar para repasar el río, movimiento que no fue por nosotros comprendido. Todos estábamos muy orgullosos, y especialmente los paisanos inexpertos no cabíamos en el pellejo.

—¡Hoy es día del Carmen! —exclamó don Diego—. ¡Viva la Virgen del Carmen, y mueran los franceses!

Ruidosas exclamaciones alegraron y conmovieron nuestras filas. Era el 16 de julio: en este día la Iglesia celebra, además de la advocación del Carmen, el Triunfo de la Santa Cruz, fiesta conmemorativa de la gran batalla de las Navas de Tolosa, ganada contra los infieles por castellanos, aragoneses y navarros, en aquellos mismos sitios donde nosotros perseguíamos a los franceses, y en el mismo 16 del mes de julio. Habían pasado quinientos noventa y seis años. La coincidencia del lugar y la fecha nos inflamaba más, y añadido a nuestro patriotismo una profunda fe religiosa, nos creímos héroes, aunque hasta entonces no habíamos tenido ocasión de probarlo.

Antes de cruzar el río, descansamos para llevar algo a la boca. ¡Oh, qué desengaño! Estábamos muertos de hambre y cansancio, y se nos dijo que no había más que un tercio de ración. Pero nosotros éramos buenos chicos y nos conformamos, supliendo los dos tercios restantes con la sustancia moral del entusiasmo.

—Pero señor de Santorcaz —pregunté a mi compañero, cuando con el agua al estribo vadeábamos el Guadalquivir—, ¿nos quiere usted decir por qué no se nos ha llevado adelante? ¿Por qué después de esta victoria desandamos lo andado?

—¡Zopenco! —me contestó—. Esto no ha sido más que una fiestecilla de pólvora, y todavía no ha empezado lo bueno. ¿Crees que no hay más franceses que esos cuatro gatos de Ligier-Belair? ¿Qué sabes tú si a estas horas, Vedel, que fue a Andújar en auxilio de Dupont, habrá regresado a Bailén? Ahora, o yo me engaño mucho, o vamos en busca del marqués de Coupigny para reunirnos y emprender juntos un nuevo ataque. ¿Estás al tanto de lo que digo? ¿Ves cómo no en vano ha mordido uno el cebo en Hollabrünn, en Austerlitz y en Jena?

Efectivamente, la intención de nuestro general era reunirse con Coupigny; pero esto no se verificó hasta la noche del 17 al 18.

XVII

Se nos acampó en una altura a espaldas de Mengíbar, y supimos con gusto que aquella noche no haríamos movimiento alguno. Nuestro gozo, como nuestra fatiga, necesitaba descanso; necesitábamos dar desahogo al efervescente alborozo, no solo renovando en la memoria todos los incidentes de la acción de aquel día, sino también refiriendo cuanto cada uno hizo y cuanto dejó de hacer para que la batalla fuese completamente ganada. Los suizos y los soldados de línea no estaban tan engreídos como nosotros los paisanos, que creíamos haber asistido a la más grande y gloriosa batalla de los modernos tiempos. Mirábamos con desdeñosa indiferencia a los que quedaron de reserva, y al contarles lo que pasó, hacíamos subir a cifras fabulosas el número de franceses segados por nuestros cortadores sables en la refriega.

Largas horas pasamos sobre el campo saboreando los deliciosos recuerdos de tanta gloria, que como dejos de un manjar muy rico nos renovaban el placer del vencimiento. La noche era como de verano y como de Andalucía, serena, caliente, con un cielo inmenso y una atmósfera clara, donde fluctúa algo sonoro, cuya forma visible buscamos en vano en derredor nuestro. Tendidos sobre la caldeada tierra a orillas del río, cuyas frescas emanaciones buscábamos con anhelo, entreteníamos las horas hablando, cantando, o haciendo eruditas disertaciones sobre la campaña tan felizmente emprendida. En un grupo se jugaba a las cartas, en otro se decía un romance de héroes o de santos, en este algunos cantaores echaban al vuelo las más románticas endechas de la tierra, pues desde entonces era romántica Andalucía; en aquel se narraban cuentos de brujas, y en algunos, finalmente, se dormía sin inquietud por el día venidero.

Nuestro don Diego, siempre al arrimo de Santorcaz; Marijuán, yo y algunos más formábamos un grupo bastante animado, en el cual no cesó el ruido hasta muy alta la noche. Después de cantar, no escasearon los cuentos, acertijos y adivinanzas, y por último, la conversación recayó en tema de mujeres.

—Yo —dijo don Diego con su natural ingenuidad—, me voy a casar. A todos les convido a mi boda. «¿Y quién es la novia?» dirán ustedes Pues sepan que no la he visto. Mi señora madre lo ha arreglado todo con otras dos señoras de Córdoba, y según me han dicho, es más bonita que el Sol, aunque ahora le ha dado por no salir del convento.

—Será para cuando acabe la guerra, porque ahora no está el horno para bollos —dijo Marijuán—. Yo también voy a casarme con una muchacha de Almunia, que tiene siete parras, media casa y burro y medio de hijuela. También será cuando acabe la guerra, y a todos les convido a mi boda. ¿Y tú, Gabriel?

—Pues yo para no ser menos —contesté—, diré que cuando se acabe la guerra me pienso casar también. ¿Y con quién?, dirán ustedes Pues me caso con una condesa.

—¡Con una condesa!

—Sí señores, con una condesa que posee todas estas tierras que estamos viendo y otras más allá, y tiene dos escudos con ocho lobos sobre plata y catorce calderos, con media cabeza de moro y un letrero que dice...

—*Toma casa con hogar y mujer que sepa hilar* —dijo Marijuán interrumpiéndome—. ¿Pues no dice que se casa con una condesa? Será con alguna duquesa del estropajo. Pero di, ¿en qué alcázares reales está tu novia?

—Este es un bobalicón que no sabe lo que se habla —dijo don Diego—. ¡Buena condesa será ella! Pues, como os decía, muchachos, mi novia está muy desazonada esperando a que se acabe la guerra para casarse conmigo. Así me lo han dicho, y lo creo. Apuesto que están ustedes rabiando por saber quién es y cómo se llama; pero eso no lo he de mentar, porque mi señora madre y don Paco me dijeron que si hablaba de esto antes de llegar la ocasión me castigarían no dejándome montar en el potro. ¡Qué guapa es, señores! Sus ojos son dos luceros, como aquel grande y muy claro que está sobre el tejado de esa casa; su boca se compone de dos hojas de rosa; sus dientes hacen que todas las perlas echen a correr de envidia; sus mejillas son claveles abiertos, y cuando llora sus lágrimas son diamantes. Yo no la he visto más que en figura; porque han de saber ustedes que cuando fui a visitar a sus tías en Córdoba me dieron un medalloncito con el retrato de la que ha de ser mi mujer, el cual retrato, por temor a que se me perdiera, lo he dado a guardar al señor de Santorcaz.

—Eso se parece —dijo uno de los oyentes—, a la historia de la princesa Laureola, por quien vinieron de La Meca los tres reyes moros, y dice el cuento que tenía los ojos de azabache ardiendo, la boca de flor de granado, y las orejas de caracolitos del mar. ¿Lo sabes tú?

—Eso está en el romance de la Reina mora, bruto. ¿Qué tiene eso que ver con la princesa Laureola?

—Yo sé el romance de la Reina mora —gritó don Diego batiendo palmas—. ¿Lo echo?

—Venga.

—No; el del *Barandal del cielo*, que es más bonito y habla de la Virgen —añadió el condesito gozoso de hallarse a punto de lucir sus habilidades—. Me lo enseñó mi hermana Presentación, que sabe veintisiete y los dijo todos arreo delante del señor obispo de Guadix, cuando su ilustrísima paró en casa el mes pasado.

Y sin esperar a que le rogasen, el mayorazguito de Rumblar, con sonsonete de escuela, voz agridulce y amanerados gestos dio principio a la siguiente retahíla:

«Por el barandal del cielo
se pasea una doncella
blanca, rubia y encarnada,
que alumbra como una estrella.
San Juan le dice a Jesús:
¿quién es aquella doncella?
Nuestra madre, buen San Juan,
nuestra madre linda y bella;
la Virgen no viene sola,
ángeles vienen con ella;
no viene vestida de oro,
ni de plata, ni de seda;
viene vestida de grana...»
....

Y como al concluir fuera acogida esta relación con una salva de aplausos, animose el recitador y nos endilgó otra, no menos famosa, que empezaba:

«Allá arriba en aquel alto
hay una fuente muy clara,
donde se lava la Virgen
sus santos pechos y cara...»

—¡Basta de romances! —exclamó de improviso Santorcaz, asustándonos a todos con su interrupción—. Eso es cosa de chiquillos, y no de hombres formales. ¿No sabe usted más que eso?

—Sé muchos más —dijo tímidamente el joven—. Don Paco me ha enseñado muchos, y me los hace aprender de memoria para que los diga en las tertulias.

—¿Y nada más le ha enseñado a usted ese señor don Paco, a quien desde el primer momento tuve y diputé por un gran zopenco?

—También me ha enseñado historia, sí señor. Y sé lo de nuestro padre Adán y aquello de Alejandro cuando fue a dar batallas a los persas como ahora vamos nosotros a dárselas a los franceses.

—¿Y nada más?

—¡Toma: también latín!, pero mi señora madre mandó que no me atarugasen la cabeza de latín, puesto que no era necesario, y por último don Paco dijo que con saber un poquito de *Musa musæ* bastaba.

—¿Y qué libros ha leído usted?

—Nada más que la *Guía de Pecadores*, donde está aquello del infierno. Ese libro es muy feo, y mi señora madre no me dejaba leer más que lo del infierno, que da mucho miedo, y sueña uno con ello. Pero mi señora madre tiene otros libros en el cofre, y cuando iba a misa, yo con mucha cautela los sacaba para leerlos. Uno se titula *La farfulla o la cómica convertida*, novela escrita por un fraile de mínimos, y otra, *Princesa, ramera y mártir, Santa Afra*. Ambos libros son muy bonitos y traen un aquel de amores y besos que me daba mucho gusto cuando los leía a escondidas.

Santorcaz sonreía. Después de una pausa, dijo con cierta petulancia:

—¿De modo que no ha leído usted la *Enciclopedia*?

—¿Qué es eso?

—La *Cincopedia* —exclamó uno—. ¡Eh!, ¿sabes tú a dónde cae la *Cincopedia*?

Esta palabra, que adquirió fortuna aquella noche, fue pasando de boca en boca, y más de cien la repitieron entre zumbas y chacota.

—Veo que son ustedes unos animales —dijo Santorcaz un poco avispado—. De todos modos, señor don Diego, la educación que usted ha recibido no puede ser más deplorable en un joven mayorazgo, que por lo mismo que ha de sobresalir entre los demás en la sociedad, debe cultivar su entendimiento.

—A ver, amigo —dijo Rumblar—, hábleme usted de esas cosas que me gustan. Todo lo que usted me decía anteayer, cuando íbamos de camino por aquí, me tenía encantado, y le juro que si no estuviera en vísperas de casarme y fuera preciso seguir con ayo, le diría a mi señora madre que me le pusiera a usted en lugar de don Paco, el cual bien se me alcanza que no me ha enseñado más que gansadas y tonterías.

—Pues repito que un joven destinado a ocupar tan alta posición en el mundo, debe saber algo más que el romance del *Barandal del cielo*. Verdad es que, o mucho me equivoco, o todo eso de los mayorazgos se lo llevará la trampa, y tarde o temprano se pondrán las cosas de manera que cada cual sea hijo de sus obras.

—Así debe ser —dijo Marijuán—. ¿No somos todos hijos de Dios?

—Vengan ustedes acá y respondan —dijo Santorcaz excitando la curiosidad de sus oyentes—. ¿No les parece que el mundo está muy mal arreglado?

Abriéronse varias bocas con estupefacción, y no se oyó ninguna respuesta.

—Pues yo que no he leído ningún libro —afirmó al fin uno de los circunstantes— digo que Dios tiene que volver a hacer el mundo, porque eso de que se lo lleve todo el que primero salió del vientre de la madre y los demás se queden bailando el pelao, no está bien. Mi hermano el mayor, solo porque le dio la gana de nacer antes que yo, tiene tres dehesas y dos casas; y los demás... uno hubo de meterse fraile, otro se fue al Perú, otro está muerto de hambre en un hospital de Sevilla, y yo, señores, tuve que meterme en el contrabando para que no se me helara el cielo de la boca.

—Oye, tú, Marijuán —dijo otro—, ¿sabes lo que contaban en Sevilla? Pues decían que la Junta se iba a poner de compinche con las otras Juntas para ver de quitar muchas cosas malas que hay en el gobierno de España, lo cual podemos hacer nosotros, *sin necesidad de que vengan los franceses a enseñárnoslo*[2].

—Así ha de ser —observó Santorcaz—. Me han dicho que en Sevilla hay sociedades secretas.

—¿Qué es eso?

—Ya sé —dijo uno—. Tiene razón don Luis. En Sevilla hay lo que llaman *flamasones*, hombres malos que se juntan de noche para hacer maleficios y brujerías.

—¿Qué estás diciendo? No hay tales maleficios. Mi amo iba también a esas Juntas, y cuando su mujer se lo echaba en cara, respondía que los que allí iban eran al modo de filósofos, y no hacían mal a nadie.

—Pues en Madrid las sociedades secretas están todavía en la infancia —añadió Santorcaz—. En Francia las hay a miles, y todo el mundo se apresura a inscribe en ellas.

—Pues si voy a Madrid —dijo con énfasis el mayorazguito—, lo primero que haré será meterme en una de esas sociedades, donde sin duda se han de aprender muy buenas cosas. ¿No es verdad, don Luis? Yo no tengo nada de torpe: me lo conozco, sí, señores. ¿Creerá usted, señor de Santorcaz, que eso que usted ha dicho de los mayorazgos se me había ocurrido a mí muchas veces cuando jugaba en el patio de casa con las gallinas? Pero ya que me enseña usted lo que ignoro, contésteme a una duda: ¿Por qué tenemos nosotros en nuestras casas tantos papelotes llenos de garabatos, y por qué usamos esos escudos con sapos y culebras? El de mi casa tiene cuatro lagartos y un tablero de ajedrez con dos calderitos muy monos.

—Si esos signos representan algo —repuso Santorcaz—, es referente al primero que los usó, a sus hazañas si las hizo, y a sus privilegios si los tuvo; pero hoy, amiguito, tales pinturas no valen de nada, y dentro de algunos años, los que las posean sin dinero, serán unos pobres pelagatos, a quienes nadie se arrimará, así como todo aquel que haya hecho una fortuna con su trabajo o la haya heredado de sus padres, o descuelle por su talento, será

---

2 Palabras textuales de la Junta Suprema de Sevilla. (N. del A.)

bien quisto en el mundo, aunque no tenga ni un adarme de lagartija en su escudo.

—¿De modo —preguntó el mozalbete—, que yo seré un pelagatos, si llego a perder mi patrimonio o soy un bruto? Esto sí que es bueno.

—Nada, nada —dijo uno—. Fuera mayorazgos, y que todos los hermanos varones y hembras entren a heredar por partes iguales.

—Eso no puede ser —observó Marijuán—, porque entonces no habría las grandes casas que dan lustre al reino.

—Eso no puede ser —afirmó un tercero—. Pues qué, ¿el Rey iba a ser tan tonto que quitara los mayorazgos? Nada, nada; los dejará siempre por la cuenta que le tiene.

—Es que si el Rey no quiere quitarlos, no faltará quien los quite —afirmó Santorcaz.

Todos se rieron al oír sostener la idea de que existe alguna voluntad superior a la voluntad del Rey.

—¿Cómo puede ser eso? Si el Rey no quiere... ¿Hay quien esté por cima del Rey? El Rey manda en todas partes, y digan lo que quieran, no hay más que su sacra real voluntad. ¡Muchachos, viva Fernando VII!

—Pero vengan acá, zopencos —dijo Santorcaz—. ¿Dicen ustedes que nadie manda más que el Rey?

—Nadie más.

—Y si todos los españoles dijeran a una voz: «queremos esto, señor Rey, nos da la gana de hacer esto», ¿qué haría el Rey?

Abriéronse de nuevo todas las bocas, y nadie supo contestar.

XVIII

—Gaznápiros, animales: si ustedes están probando lo que digo —añadió con energía don Luis—. Lo que pasa en España ¿qué es? Es que el Reino ha tenido voluntad de hacer una cosa y la está haciendo, contra el parecer del Rey y del Emperador. Hace tres meses había en Aranjuez un mal ministro, sostenido por un rey bobo, y ustedes dijeron: «No queremos ese ministro ni ese Rey», y Godoy se fue y Carlos abdicó. Después, Fernando VII puso sus tropas en manos de Napoleón, y las autoridades todas, así como los generales y los jefes de la guarnición, recibieron orden de doblar la cabeza ante Joaquín Murat; pero los madrileños dijeron: «No nos da la gana de obedecer al Rey ni a los Infantes ni al Consejo ni a la Junta ni a Murat», y acuchillaron a los franceses en el parque y en las calles. ¿Qué pasa después? El nuevo y el viejo Rey van a Bayona, donde les aguarda el tirano del mundo. Fernando le dice: «La corona de España me pertenece a mí; pero yo se la regalo a usted, señor Bonaparte.» Y Carlos dice: «La coronita no es de mi hijo, sino mía; pero para acabar disputas, yo se la regalo a usted, señor Napoleón, porque aquello está muy revuelto y usted solo lo podrá arreglar.» Y Napoleón coge la corona y se la da a su hermano, mientras volviéndose a ustedes les dice: *Españoles, conozco vuestros males y voy a remediarlos.* Pero ustedes se encabritan con aquello, y contestan: «No, camarada, aquí no entra usted Si tenemos sarna, nosotros nos la rascaremos: no reconocemos más Rey que a Fernando VII.» Fernando VII se dirige entonces a los españoles, y les dice que obedezcan a Napoleón; pero entretanto, muchachos, un señor que se titula alcalde de un pueblo de doscientos vecinos, escribe un papelucho, diciendo que se armen todos contra los franceses: este papelucho va de pueblo en pueblo, y como si fuera una mecha que prende fuego a varias minas esparcidas aquí y allí, a su paso se va levantando la Nación desde Madrid hasta Cádiz. Por el Norte pasa lo propio, y los pueblos grandes lo mismo que los pequeños forman sus Juntas, que dicen: «No, si aquí no manda nadie más que nosotros. Si no reconocemos las abdicaciones, ni admitiremos de Rey a ese don José, ni nos da la gana de obedecer al Emperador, porque los españoles mandamos en nuestra casa, y si los reyes se han hecho para gobernarnos, a nosotros no nos han parido nuestras madres para que ellos nos lleven y nos traigan como si fuéramos manadas de carneros...» ¿Están ustedes? ¿Lo comprenden ustedes? Pues esto ni más ni menos es lo que está pasando aquí. Y ahora contéstenme los alcornoques que me oyen: ¿Quién manda, quién dispone las cosas, quién hace y deshace, el Rey o el Reino?

El estupor que produjeron estas palabras reveladoras en el atento concurso, compuesto de muchachos rudos e ignorantes, pero de gran viveza de imaginación, fue tan extraordinario que por un corto rato no se oyó la más insignificante voz, señal cierta de que las ideas vertidas por Santorcaz, entrando de improviso en los oscuros cacúmenes de sus oyentes, habían armado allí gran zipizape y polvareda, dejándolos aturdidos, confusos y sin palabra. El primero que rompió el silencio fue Rumblar, diciendo:

—Todo eso está muy bien dicho. ¿Querrán ustedes creer que hace días me ocurrió una idea parecida cuando estaba cazando moscas y poniéndoles rabos en cierta parte, para que al volar hicieran reír a mis dos hermanas que estaban rezando? Solo que yo no sabía cómo decir aquello que pensaba.

—Sí, señores, ¡vivan las Juntas! —exclamó uno levantándose—. Yo me sé de memoria aquel papel que echó a la calle la de Córdoba, diciendo... Oigan ustedes: «¡Cordobeses: los reinos de Andalucía se ven acometidos por los asesinos del Norte; vuestra patria va a verse oprimida bajo el yugo de un tirano; vosotros mismos seréis arrancados de vuestros hogares y de vuestras casas! ¡Cuarenta argollas está labrando el lascivo Murat para conduciros al Norte como a los animales más inmundos!... ¡Soldados: gemid de rabia y furor!... Doce millones de hombres os están mirando y envidiando vuestra gloria, y aun la Francia misma ansía por vuestros triunfos.»

Ruidosos aplausos y gritos acogieron esta proclama, fielmente recitada con dramáticos gestos por el muchacho.

—Pues si los españoles —continuó luego Santorcaz—, pueden hacer lo que están haciendo, no pueden también decir el día de mañana: «Vamos, no queremos que haya más inquisición, ni más vinculaciones...» pongo por caso... O que digan: «En lugar de mil conventos, que haya tan solo la mitad, con lo cual basta y sobra», o «no me da la gana de que haya diezmos...»

—Eso sí que estaría bueno —dijo Marijuán—. Pero si todos los españoles van a hacer eso, y cada uno empieza a gritar por su lado diciendo lo que quiere, se armará tal laberinto que no podrán entenderse.

—Vaya unos zotes —añadió Santorcaz—. Pero venid acá: ¿no veis que hay en Sevilla una Junta que es la que dispone? ¿No veis que hay otra en Granada, otra en Córdoba y otra en Málaga, etc.? Pues en lugar de todas esas Juntas pequeñas que gobiernan en cada pueblo, ¿no puede haber una muy grande que se reúna en Madrid y acuerde lo que se ha de hacer?

Miráronse los oyentes unos a otros, y los monosílabos de aquiescencia y aun de admiración corrieron de boca en boca, demostrando la prontitud con que aquellas juveniles inteligencias desplegaban sus alas, aún entumecidas y vacilantes, para intentar describir los primeros círculos en el espacio del pensamiento.

—Estas conversaciones me enamoran —dijo el condesito de Rumblar—. Me estaría toda la noche oyendo a este hombre, sin cansarme. Ya, ya voy aprendiendo muchas cosas que no sabía.

Así aquella fantasía encerrada en el capullo de una educación mezquina, agujereaba con entusiasmo su encierro, porque había vislumbrado fuera alguna cosa que tenía la fascinación de lo nuevo. Así aquel germen de pasión y de inteligencia, guardado en un huevo, se reconocía con vida, se reconocía con fuerza, y empezaba a dar picotazos en su cárcel, anhelando respirar fuera de ella otros aires, y calentarse con calores más enérgicos. Así aquella ceguera abría sus párpados, gozándose en la desconocida luz.

La conversación terminó en el punto en que la he dejado, porque la noche estaba muy avanzada y casi todos empezaron a rendirse al sueño, excepto el mayorazguito, cuyo despabilamiento era casi febril a causa del organismo de su imaginación. Largo tiempo continuaron él y Santorcaz hablando en diálogo animadísimo, y como si discutieran planes y expusieran proyectos de gran trascendencia para los dos. Yo me aparté del grupo, fingiendo retirarme a dormir; pero con ánimo de satisfacer una imperiosa exigencia de mi alma, que a voces me pedía soledad y meditación. Todos los ruidos habían cesado en el campamento: las guitarras y castañuelas, así como las cajas y las cornetas, estaban mudas, porque el ejército dormía. Lejos del grupo de mis amigos, echeme sobre el suelo, aguardando la aurora, sin poder ni querer cerrar los ojos; y allí me puse a meditar sobre lo que desde mi salida de Madrid había visto y oído. ¡Cuántas personas nuevas para mí había encontrado en aquella breve jornada de mi vida! ¡Con cuánto afán, meditando a solas y mirándolas al lado, preguntaba a aquellos caminantes si tenían alguna noticia de lo que me reservaba el destino! De todas aquellas personas, ninguna estaba tan enérgicamente fija en mi pensamiento como Santorcaz, hombre para mí incomprensible y sospechoso, y que empezaba a inspirarme secreta antipatía, sin que acertara a explicarme por qué.

XIX

Al siguiente día hicimos un movimiento por la orilla izquierda, río arriba, hasta un punto mucho más alto que Mengíbar. Nada entendíamos; pero Santorcaz, o por petulancia o porque realmente había penetrado la intención de Reding, nos dijo:

—Nuestro general sabe lo que se hace, y es hombre que conoce la filosofía de las marchas.

Haciendo alto a orillas del Guadalimas, parte del ejército se entretuvo en marchas incomprensibles, y empleando en esto más de un día, nos encontramos de nuevo sobre Mengíbar al anochecer del 18, punto al cual había llegado horas antes la división del marqués de Coupigny. Reunidos ambos ejércitos, no hubo allí más parada que la precisa para recoger las provisiones de que estábamos tan escasos, y ya muy de noche emprendimos el camino de Bailén. Éramos catorce mil hombres. Todo anunciaba que íbamos a tener un encuentro formal con el ejército francés.

Según nuestras noticias, Dupont continuaba en Andújar, reforzado por la división de Vedel. ¿Habían trabado acción con nuestro tercer cuerpo y el de reserva que, pasando el río por Marmolejo, estaban situados en la orilla derecha? Nosotros creíamos que sí, a menos que Castaños no aguardase para atacar enérgicamente a que la primera y segunda división cayeran sobre la espalda del ejército de Dupont, bajando desde Bailén. ¿Era este el objeto que nos guiaba en nuestra marcha? Parecíanos que sí.

Mientras llegaba el momento del drama, lejos de nosotros y en los flancos del ejército imperial, mil dramáticas peripecias debían precipitar la catástrofe, irritando paulatinamente al enemigo. Los cuerpos y columnas de guerrilleros, mandados por don Juan de la Cruz, el conde de Valdecañas y el clérigo Argote, se habían desparramado como enjambre mortífero por los pueblos y caseríos que dominaban el cuartel general francés en las primeras estribaciones de la sierra al Norte de Andújar. De tal modo perseguían aquellos ardorosos paisanos a los franceses y con tanta rapidez se dispersaban para evitar ser atacados, que a los invasores les era de todo punto imposible estar tranquilos un solo momento. El poderoso gigante sacudía de una manotada aquellos moscones venenosos; pero estos volvían a zumbar en derredor suyo, le molestaban con sus terribles picaduras y huían incólumes, sin temer la espada ni el cañón, pues estas armas no se han hecho para mosquitos.

No podían apartarse los franceses de su cuartel general como no fuera en grandes destacamentos: frecuentemente iban mil hombres a llenar en la fuente próxima unas cuantas alcarrazas de agua. Si por acaso salían a merodear pelotones de poca fuerza, eran despachados por los guerrilleros en menos que se reza un credo. Antes que consentir que se apoderasen de una panera, la quemaban: las fuentes eran enturbiadas con lodo y estiércol, para que no pudieran beber: los molinos desmontados y enterradas sus piedras para que no molieran un solo grano. ¡Ay de aquel francés que se rezagara en las marchas de su destacamento! ¡Sentíase de improviso asido por mil coléricas manos, sentíase arrastrado por las mujeres, pellizcado por los chicos y acuchillado por los hombres, hasta que su existencia se apagaba con horrible choque en la fría profundidad de un pozo! El invasor no encontraba asilo en ninguna parte, y forzosamente encerrado en los límites del cuartel general, veía conjurados contra sí hombres y naturaleza. Por esto, rabioso y desesperado, anhelaba batirse en función campal, seguro de su destreza y costumbre de guerrear; y lamentando la estupefacción del general en jefe, exclamaba: «Demos una batalla, y aunque muera la mitad del ejército, la otra mitad conquistará un charco en que beber y un puñado de trigo seco que llevar a la boca.»

Habían dejado los franceses en Montoro un destacamento de setenta hombres, para custodiar un molino donde fabricaban con dificultad harina malísima. El alcalde de aquella villa, donde no había quedado ni una sola arma de fuego, se atreve, sin embargo, a dar cuenta de los setenta franceses, para lo cual era preciso despachar primero a los veinticinco que a todas horas estaban de guardia en el puente. Reúne, pues, algunos paisanos decididos, y usando la arma blanca, ataca con furia a la guardia; los veinticinco son exterminados; apodérase de sus fusiles la valiente cuadrilla, sorprende el resto del destacamento en la casa donde se albergaba, hace prisioneros a soldados y jefes, y les manda a la isla de León. El parte en que se notificó este suceso a la Junta Suprema decía que todo se hizo con las *varas de los harrieros* (conservo la ortografía del original); pero esto ha de ser una hipérbole andaluza.

Sintiéndose llamado a más grandes acciones, don José de La Torre (que así se nombraba aquel alcaldito), sale al encuentro de un convoy que venía de Córdoba, y de los cincuenta y nueve franceses que custodiaban este, los cincuenta quedan tendidos en el camino, y los nueve restantes corren a contar a Dupont lo que ha pasado. Entonces Dupont envía mil hombres a Montoro con encargo de que incendien el pueblo y lleven vivo o muerto al alcalde. Arde Montoro, y La Torre, conducido vivo, va a ser pasado por las armas: pero un general francés, a quien poco antes había dado hospitalidad, intercede por él; es puesto en libertad, y aquel *petit caporal* de las guerrillas marcha a Sevilla y recibe de la Junta los galones de capitán de ejército.

Pues bien; lo que pasaba en Montoro, ocurría en todos los pueblos de la carretera de Andalucía desde Córdoba hasta Santa Elena. El gigante que incendiaba lugares y destrozaba ejércitos no podía dar un paso sin encontrar un avispero, y frenético con aquel zumbido, envenenado por los aguijones, maldecía la hora de la invasión. El águila, devorada por los insectos, graznaba a orillas del Guadalquivir con hambre y calentura, afilando sus garras en el tronco de los olivos, con el ansia de que llegara pronto la ocasión de destrozar alguna cosa.

XX

Al entrar en Bailén, ya muy avanzada la noche, nos sorprendió mucho el no ver ninguna fuerza francesa a la entrada del pueblo para disputarnos el paso. ¿A dónde habían ido los franceses? ¿Qué les pasaba, cuando ni por precaución dejaron allí un par de batallones para guardar punto tan importante? Pronto salimos de dudas, porque de boca de los habitantes de Bailén, que salieron en masa a recibirnos, supimos que la división Vedel había pasado por allí en dirección a la Carolina.

—Nosotros les hacíamos a ustedes en Linares —dijo don Paco, que también salió a nuestro encuentro, rebosando de júbilo—. ¡Oh!, señor conde, niño mío... ¿Está por ventura herido Vuestra Excelencia? Vamos un rato a casa, donde la señora marquesa y las niñas están rezando por el buen éxito de la guerra. ¿No darán un descanso a las tropas?

Nuestro general había determinado salir enseguida para Andújar; pero como ocupábamos todo el pueblo, pudimos llegarnos a la casa de nuestro amo en cuya sala baja se nos dio un tente-tieso muy confortante.

—Es un milagro que podamos daros estos cuantos panes y estas onzas de chocolate crudo —nos dijo don Paco al ofrecernos aquellos artículos—. Los franceses no han dejado nada. ¡Qué horroroso saqueo! Y gracias que quedamos con vida. ¡Ay!, la señora condesa salió a recibirlos con una serenidad que me espantó. Yo temblaba y tuve que esconderme en el oratorio, porque delante de ellos hubiera perdido la dignidad de mi carácter. ¿Qué modo de saquear?... En una palabra, la paja de los caballos, las gallinas del corral, los huevos, hasta unos tomates que tenía yo guardaditos en mi escritorio para hacer un gazpachito... todo, todo se lo llevaron. El pueblo está muerto de miseria, y yo sé de mucha gente que echó la harina en los muladares para que ellos no se la llevaran. ¿No lo creéis? ¿Pues y el señor Salvador, que sacó al campo los doscientos pellejos de aceite y ciento de vino que tenía en su cueva, y destapándolos dejó correr aquel precioso caldo hasta que todo se lo chupó la tierra? Otros hicieron una grande hoguera con los carros y la paja. Las alhajas de las imágenes y la plata de las iglesias están todas enterradas, porque esto parece que es lo que más les abre el ojo a esos señores. Así estaban ellos de rabiosos, cuando vieron que no sacaban de aquí gran cosa. El día 16, después de haber pasado un gran miedo, gozamos lo indecible cuando les vimos llegar de la barca de Mengíbar, derrotados y con su general muerto. ¡Cómo corrían por esas calles, y qué gritos daban, y qué cosas tan atroces e indecentes echaron por aquellas bocazas! ¡Así se vengaban los muy perros! ¿Pues qué creéis? Dieron muerte a muchas personas que no les hacían daño, lo cual creo yo que no se vio en ninguna de las guerras de Alejandro. Pero también se les molió de firme. Unos cuantos pasaron por la calle de enfrente echando bravatas y detuviéronse en la puerta de la posada de Gil, donde tenían encendido el horno para cocer la loza. ¡Ay! Mis francesitos se ponen a decir no sé qué insolencias obscenas a la mujer de Gil, cuando salen los mozos, me los agarran y con morriones y todo... plaf... al horno... Pero ahí viene la señora condesa, que estaba en el oratorio con las niñas.

En efecto, vimos desfilar gravemente, cubierta de negro manto, a la señora de la casa, seguida de los dos tiernos pimpollitos de sus hijas, las cuales arrojáronse llorando en los brazos de su hermano. Doña María abrazó a su hijo sin perder ni por un instante su solemne y estirado empaque, y luego saludonos a todos con mucho afecto, nombrándonos uno por uno. Cuantos componían la cuadrilla estaban presentes, menos Santorcaz, el cual desde nuestra llegada había pedido con mucha prisa a don Paco recado de escribir, y puéstose a trazar unas cartas en el despacho de este.

La marquesa, después de saludarnos, tomó asiento y dirigió a don Diego estas palabras dignas de la historia:

—Hijo mío: sé todo lo que pasó en la acción del 16, y nadie me ha dicho que hicieras algo notable. ¿Has tenido miedo?

—¡Miedo! —exclamó el muchacho riendo—. No señora. He cumplido con mi deber en las filas, y nada más hasta ahora; pero su merced no se impaciente, porque aunque no soy más que soldado espero lucirme.

—¡Nada más que soldado! —dijo la condesa—. Tú no eres soldado, aunque así parezca. Cualquiera que sea el puesto que se ocupe, cada cual debe obrar conforme a su nombre y a la posición que tiene en el mundo. ¿Qué se diría de ti, de mí, de esta casa, de tu difunto padre, si en estas guerras no hicieras algo superior a lo que corresponde a un simple soldado?

—Señora —repuso el mozo con un desenfado que sorprendió a su familia—, yo haré lo que pueda, y según lo que haga, así seré más o menos que los demás. Y ya que hablo de esto, señora madre, yo quiero seguir en el ejército, yo quiero que su merced pida al Rey, ¿qué digo al Rey?, a la Junta, una bandolera.

—Tú no estás destinado a ser militar sino en esta ocasión suprema, en que la patria necesita de todos sus hijos desde el más alto al más bajo.

—Pero, señora madre, no soy nada y quiero ser algo —insistió el muchacho, mostrando una energía que nadie hasta entonces le había conocido.

—¡Que no eres nada! —exclamó la madre con sorpresa primero, después con cólera, y mirándonos a todos como para preguntarnos si su hijo se había vuelto loco durante la campaña.

—Yo no soy nada, no soy más que un papamoscas —repuso el chico—. ¿De qué me valen esos papeluchos viejos y esos escudos de armas, si todos se ríen de mí desde que abro la boca, porque no digo más que necedades?

La marquesa se puso encendida como la grana, y sin decir palabra, miró a don Paco, el cual confuso, absorto, aterrado por lo que acababa de oír, revolvía sus espantados ojos de un lado para otro.

—Este joven —dijo al fin el ayo—, parece que ha perdido el juicio. Señora, cuando vuelva de cumplir sus deberes de caballero en los campos de batalla, le haremos que se penetre bien de las máximas contenidas en la historia de Alejandro el Grande.

Doña María, cuya dignidad no podía consentir que semejante asunto se tratara delante de personas extrañas, hizo callar a don Paco, y también impuso silencio a su hijo con gesto aterrador. Asunción y Presentación, después de registrar los bolsillos de su hermano, examinaban las polainas, el sombrero y la charpa, por ver, según dijeron, si aquellas prendas estaban agujeradas por alguna bala de cañón.

Pero el don Diego, sintiendo sin duda en su cabeza un hervidero de palabras, que atropelladamente se le ocurrían conforme a la repentina fecundidad de su entender, no pudo estar callado mucho tiempo, y habló para poner en mayores cuidados a la señora de Rumblar. Estábamos, como he dicho, en una sala baja, donde la condesa había hecho traer para nuestro regalo un par de zaques, milagrosamente salvados de la rapacidad francesa. Don Diego, luego que tal vio, volviose a nosotros que permanecíamos respetuosamente detenidos en la puerta, y con gesto de campechana confianza, nos dijo:

—Ea, muchachos, entrad todos aquí. ¿Por qué estáis en la puerta? Vaya, poneos los sombreros, que aquí todos somos iguales, todos somos compañeros de armas, y lo mismo puede matarme a mí una bala que a vosotros. Ea, bebamos juntos. ¿Tenéis vergüenza, porque soy noble y mayorazgo, y vosotros unos pobres hambrones? Fuera necedades; que hoy o mañana las Juntas quitarán todas esas antiguallas, y entonces cada cual valdrá según lo que tenga y lo que sepa.

Don Paco se puso verde al oír tales despropósitos, y llevándose la mano al corazón, miró a la condesa con semblante dolorido y contristado, como para manifestarla en la sola elocuencia de una mirada que él no había enseñado tales cosas al joven discípulo. Doña María encerraba su enojo en lo más hondo del pecho, y aunque harto se le conocían la inquietud y la ira en el furtivo centellear de sus negros ojos, nada dijo que comprometiera su dignidad, y deseando que su hijo variase de conversación, le preguntó si había hecho en Córdoba las visitas a la señora marquesa de Leiva y su sobrina.

—Sí señora —contestó el rapaz—. Las vi; la señora condesa me dio muchos dulces, y la marquesa me preguntó si sabía ayudar a misa. Una y otra me dijeron que la joven con quien está concertado mi matrimonio, se obstina en no salir del convento, asegurando que antes quería casarse con Jesucristo que conmigo. ¡Qué ranciedades, señora madre! —añadió con nuevo arrebato—. Yo quiero seguir en el ejército, yo quiero ir a Madrid para tratar a la gente que sabe, y a los filósofos, y leer la Enciclopedia, y ver las sociedades secretas, si las hay para entonces, y aprender lo que no sé, pues don Paco no me ha enseñado más que esa sandez de *Por el barandal del cielo*.

El ayo volvió a mirar compungidamente a la condesa, pintando en sus húmedos ojos la persuasión de que no había instruido al mayorazgo en tales iniquidades, y doña María reprendió a su hijo con majestad verdaderamente regia, diciéndole con pausa y aplomo estas amargas palabras:

—Hijo mío, recordarás que te entregué una espada que fue de tus abuelos. Honra da al que la ciñe, esa arma antigua; pero también ella la recibe de las manos de su poseedor, si este es persona que sabe adquirirla en los campos de batalla. ¿Deshonrarás tú esa espada que llevó el tatarabuelo de tu padre en el sitio de Maestrich, cuando medio mundo se llamaba España?

—¡La espada! —exclamó el chico con sorpresa—. Ya no me acordaba de la dichosa espada. Si ya no la tengo.

—¿Que no la tienes? —preguntó doña María con estupefacción.

—No señora. Si no sirve para nada. Cuando dimos el primer ataque en Mengíbar, yo saqué mi espada, y a los primeros golpes que di en unas yerbas observé que no cortaba.

—¡Que no cortaba!

—No señora. Era una hoja mellada, llena de garabatos, letreros, sapos por aquí, culebras por allí, y cubierta de moho desde la punta a la empuñadura. ¿Para qué me servía? Como no tenía filo, la cambié por un sable nuevo que me dio un sargento.

—¡Y diste la espada, la espada!... —exclamó la condesa levantándose de su asiento.

La señora estaba sublime en su indignación. Parecía la imagen de la historia levantándose de su sepulcro a pedir cuentas a la generación contemporánea.

—Sí señora; se la di al sargento —añadió el mozo sacando de la vaina un sable nuevo, reluciente y de agudísimo filo—. Si aquello no servía para nada. Muy bonita, eso sí, toda llena de dibujos de plata y oro; pero, señora madre, si no cortaba... si estaba llena de orín... Vea usted este sable: no tiene letrero ni cabecitas, ni garrapatos: pero corta que es un gusto.

Observamos que la condesa dio un paso hacia su hijo; que su semblante hermosamente venerable se contrajo, desfigurado por la ira; que extendió sus brazos; que comenzó a balbucir con locución atropellada, cual si su indignada lengua no acertara a encontrar una palabra bastante dura, bastante enérgica para tal situación; la vimos después llevarse ambas manos a la cabeza, retroceder, vacilar, apoyarse en el hombro de don Paco, y por último, reponerse, dominarse, erguirse, serenarse, mirar a su hijo con desdén, señalar a la calle, donde de improviso empezaba a oírse fuerte redoblar de tambores, y decir:

—El ejército se va. Marcha, corre. Cuando se acabe la guerra te ajustaremos cuentas. Si eres valiente y vuelves vivo, a palmetazos te enseñaré quién eres. Pero si eres cobarde, no vuelvas acá.

Salimos a toda prisa, y montando en nuestras cabalgaduras, ocupamos las filas. Al punto se nos unió Santorcaz. Don Paco no quiso salir a despedirnos, porque estaba traspasado de dolor, al ver —según dijo después— cómo en una semana se torciera al soplo de las malas compañías el derecho arbolito criado con tanto esmero en el apacible huerto de sus lecciones.

Las dos muchachas salieron a las ventanas, y nos despedían agitando los mismos pañuelos con que secaban sus lágrimas. Ninguna de las dos, ni la destinada al matrimonio, que era, por lo tanto, ignorante, ni la consagrada al claustro, que era ya medio doctora, habían entendido la conversación de que he hecho mérito. Las pobrecillas veían desaparecer un mundo y nacer otro nuevo sin darse cuenta de ello.

XXI

Era la madrugada cuando las columnas de vanguardia comenzaron a salir de Bailén. Mi regimiento debía salir de los últimos, y mientras se puso en movimiento la artillería y los cuerpos de a pie, estuvimos más de media hora formados a la salida del pueblo y a mano derecha del camino, esperando la orden de marcha. Íbamos a Andújar, resueltos a tomar la ofensiva contra el ejército francés, que al mismo tiempo debía ser atacado por Castaños, del lado de Marmolejo. ¿Y la división de Vedel, cuyos movimientos eran la clave de aquel problema estratégico? La división de Vedel estaba en Andújar el día 16, cuando ocurrió la acción de Mengíbar, que antes he descrito. Al saber Dupont la derrota de Ligier-Belair, y la muerte de Gobert, dispuso que Vedel marchase sobre Bailén, con intención de seguirle él al día siguiente. Mientras este avanzaba a Andújar, Ligier-Belair, al vernos retirar y pasar el río, creyó que las tropas de Reding, unidas con las de Coupigny, intentaban extenderse cautelosamente por la orilla izquierda, río arriba, tomando el camino de Linares a Guarromán, para ocupar luego la Carolina y cortar el paso de la sierra. Persuadido de esto, y sin hacer averiguaciones, emprendió la marcha hacia el Norte, creyendo anticiparse a lo que creía un rasgo de ingenio estratégico del general Reding. Llega Vedel a Bailén creyendo encontrarnos, y los franceses que quedaron allí le dicen: «Quia, los *insurgentes* han repasado el río y van por Linares a ocupar el paso de la sierra; pero el general Ligier-Belair, que ha comprendido el juego, ha marchado enseguida a ocupar a la Carolina, de modo que cuando lleguen los españoles, creyendo haber hecho un movimiento de primer orden, se lo encontrarán allí.» Vedel oye esto y dice: «Han ido a cortar el paso de la sierra para impedirnos la retirada y matarnos aquí de hambre y sed. Pues corramos a la Carolina. Vamos; en marcha.» Manda un emisario a Dupont, diciéndole: «Señor general en jefe, los *insurgentes* han ido a cortar el paso de la sierra. Corro a la Carolina: venga usted tras mí, y acabaremos con ellos.»

Esto pasaba en los días 17 y 18. En tanto los *insurgentes*, replegados a la orilla izquierda, como he dicho, fingíamos un movimiento hacia Linares; pero en cuanto cerró la noche, los *insurgentes* caminamos a marchas forzadas hacia Bailén. Por eso en este pueblo nos decían: «Por aquí pasó Vedel esta mañana en dirección a la Carolina, para impedirles a ustedes que cortaran el paso de la sierra. ¿No ibais hacia Linares?»

No; nosotros íbamos a Andújar a atacar a Dupont. En virtud de los torpísimos movimientos de los generales franceses, una gran parte de la fuerza imperial corría hacia la sierra, buscando un fantasma. Los *insurgentes* que ellos creían en marcha hacia la Carolina, estaban en Bailén, en marcha para Andújar. He aquí la verdadera y exacta situación de las divisiones españolas y francesas en la noche del 18 al 19 de julio.

Íbamos a luchar con Dupont, solo con Dupont. Pero ¿y si Vedel, conociendo a tiempo su error, retrocedía velozmente para caer de improviso sobre nuestra espalda durante el combate? Esta funesta probabilidad estaba compensada con el hecho seguro de que el ejército francés de Andújar tendría que defenderse al mismo tiempo de nosotros y de la reserva que le amenazaba del lado de Poniente. De todos modos, nuestra posición era arriesgada; por lo cual, deseando Reding cerciorarse de la verdadera distancia a que se hallaba Vedel, camino arriba había despachado desde Mengíbar al teniente de ingenieros don José Jiménez con encargo de averiguarlo. Este valiente oficial, cuyo nombre no está en la historia, se disfrazó de arriero, y en una fatigosa jornada supo desempeñar muy bien su comisión, volviendo por la noche a decir que Vedel había pasado ya más allá de la Carolina.

Así andaban las cosas cuando nos preparábamos a salir de Bailén al amanecer del 19. Pero no lo habíamos previsto todo; no habíamos previsto que Dupont, muy receloso de aquella ilusoria ocupación de la sierra por los insurgentes, había levantado su campo en la misma noche, y silenciosamente, sofocando los ruidos de su tropa, abandonaba la funesta y para ellos maldita ciudad de Andújar.

Era cerca de la madrugada cuando nuestros jefes disponían las columnas para la marcha. Si al comienzo de aquella misma noche, que ya se iba a extinguir, una mirada humana hubiera podido escudriñar desde la altura de los cielos lo que pasaba en aquella larga faja de sementeras y olivares que se extiende a la vera de los montes, entre estos y el Guadalquivir, habría visto que del oscuro caserío de Andújar se destacaba cautelosamente, escurriéndose por detrás de las casas una hilera de hombres y caballos;

que esta hilera se iba alargando por la carretera en interminable procesión, y serpenteaba con lento paso y sin ruido y sin luces; habría visto cómo se iba extendiendo aquella raya negra, destacándose a ratos sobre la tierra blanquecina, a ratos confundiéndose con los oscuros olivos, sin dejar de seguir paso a paso como si no quisiera ser vista y anhelara apagar en el polvo el ruido de las cureñas; habría visto que iban delante unos tres mil hombres de infantería, después un escuadrón de caballos, después seis cañones, después un número inmenso de carros, tantos, tantos carros, que ocupaban dos leguas; detrás de los carros nuevos grupos de infantería y muchos generales; después otros seis cañones, dos regimientos de coraceros, luego cuatro cañones, y al fin otro grupo de jefes, seguidos de quinientos hombres de a pie. Esta raya no se detenía en parte alguna, y avanzaba despacio y con precaución, custodiando sus dos leguas de convoy. Los hombres que la formaban, mudos y cabizbajos, presagiando sin duda funestos acontecimientos, dirían para sí: «Llegaremos a la Carolina, donde ya ha de estar Vedel, y batiendo a los *insurgentes*, nos abriremos paso por desfiladeros para abandonar esta tierra maldita, a la cual el Emperador ha tenido la mala ocurrencia de mandarnos... ¡Oh! ¡Cuándo os veremos tierras de la Turenne, del Poitou, de la Charente, de los Vosgos, del Artois, del Limosin!...»

XXII

Mientras aguardábamos la salida, nuestras lenguas no estaban ociosas, y aunque Marijuán me entretenía por un lado con sus donaires y chuscadas, por el otro era de tanto interés un diálogo entablado entre Santorcaz y don Diego, que a las palabras de estos dirigí toda mi atención. No puedo menos de copiarlo íntegro y tal cual lo oí, por si mis lectores quieren meditar un poco sobre el mismo tema.

—Lo que me indicó usted hace poco —decía Santorcaz—, acerca de que esa linda joven que se le destina para esposa no quiere salir del convento, debe tenerle sin cuidado. Esas son gazmoñerías de las muchachas españolas que, engañadas por su fantasía, se creen enamoradas de Jesucristo, cuando lo que sienten es verdadera pasión por un ideal mundano.

—Y si no quiere salir, que no salga —respondió el joven—. Si yo no la he visto, si yo no comprendo por qué razón he podido pensar en ella una sola vez.

—¿Pero la quiere usted?

—Confesaré a usted lo que me pasa. Cuando mi madre me llamó un día, y después de darme dos palmetazos porque tenía las manos manchadas de tinta, me dijo que había determinado casarme, sentí mucha alegría, y al volver a mi cuarto rompí todas las planas de escritura, diciendo a don Paco que yo era un hombre y no me daba la gana de obedecerle. A todas horas pensaba en mi mujercita y en las delicias del matrimonio. Mi madre escribía cartas y más cartas para concertar mi boda, y cuando yo le preguntaba con la mayor curiosidad: «Señora madre, ¿cómo va eso?» me respondía: «Anda a estudiar, mocoso. Ahora con la novelería del casamiento no coges un libro en la mano.» Por fin mi mamá, a fuerza de cartas lo arregló todo. Cuando fui a Córdoba creí que me la enseñarían; pero aquellas señoras dijéronme que la discreta joven no quería salir del convento; y por último, me dieron el medallón que usted tiene guardado. Después la sobrina me regaló unos dulces y su tía un pito para que fuera pitando por las calles, y en mi segunda y tercera visita pasó lo mismo, excepto que no me dieron más pitos. Cuando vi el retrato me gustó tanto la muchacha, que por la calle le iba dando besos, y por la noche lo acosté conmigo en mi cama. Estoy prendado de ella; mejor dicho, lo estuve estos días atrás, porque ya, habiendo discurrido sobre la necedad de prendarme de un retrato, me río de mí mismo y digo: «¡Si de carne y hueso encontraré tantas, a qué volverme loco por una pintura!»

—Pues no, señor don Diego —dijo Santorcaz—. Puesto que la señora condesa le escogió a usted esa esposa, sin duda es un gran partido, y usted debe insistir en casarse con ella.

—¿Sí? Pues vaya usted a sacarla del convento —añadió Rumblar—. Vamos, que según me dijeron, no hay quien le hable de otro esposo que Jesucristo.

—Ya lo he dicho: esas son gazmoñerías de las españolas, por lo general mujeres nerviosas, muy extremadas en sus pasiones, y dispuestas siempre a confundir en un mismo sentimiento la voluptuosidad y el misticismo. Cuidado con las monjitas de quince años, que reniegan del siglo y juran que han de morir de viejas en el claustro. Yo conocí una joven y linda novicia que tampoco quería tener más esposo que Jesucristo, y que se ponía furiosa cuando la hablaban de salir del convento, hasta que un viernes santo vio a cierto joven al través de la verja del coro. A los quince días la hermosa novicia abrió por la noche una de las rejas del convento, y se arrojó a la calle, donde le esperaba su amante y hoy feliz esposo.

—¡Oh! ¡Bonitísimo suceso! —exclamó con entusiasmo don Diego—. ¡Cuánto daría porque a mí me pasase uno semejante!

—¿Ella le ha visto a usted?

—No.

—Pues en cuanto le vea, apuesto a que la muchacha se apresura a salir por la puerta, sin exponerse a los peligros de arrojarse por la ventana. Pero ahora que me ocurre, señor don Diego, si usted en vez de ser un muchacho apocadito, educado a la antigua y sencillo como un fraile motilón, fuera un hombre atrevido, arrojado... pues... como somos todos aquellos que no hemos recibido la educación de Grandes de España; si usted echara de una vez fuera el cascarón de huevo en que le ha empollado la ciencia de don Paco y los mimos de sus hermanitas, ahora podríamos lanzarnos a una aventura deliciosa.

—¿Cuál, amigo Santorcaz?

—Mire usted Después de la batalla y cuando volvamos a Córdoba, sacar a esa muchacha del convento.

—¿Cómo?

—Demonio, ¿cómo se hacen las cosas? ¡Si viera usted! Eso es muy divertido. ¿Ve usted este rasguño que tengo en la mano derecha? Me lo hice saltando las tapias de un convento. Son cinco los que he escalado, por trapicheos con otras tantas novicias y monjas. ¡Ay, señor don Diego de mi alma! El recuerdo de estas y otras cosillas es lo que le alegra a uno, cuando se siente ya en las puertas de la triste vejez.

—Hombre, eso me parece muy bonito —dijo don Diego saltando sobre la silla—. Pues yo quiero hacer lo mismo, yo quiero rasguñarme saltando tapias de convento. Con que diga usted ¿qué hacemos? ¿Nos entramos de rondón en el convento y cogiendo a la muchacha me la llevo a mi casa? Sí: y habrá que pegarle un par de sablazos a alguien, y romper puertas y apagar luces. Hombre, ¡magnífico! ¡Si dije que usted es el hombre de las grandes ideas! ¡Qué cosas tan nuevas y tan preciosas me dice! Estoy entusiasmado, y me parece que antes de venir al ejército era yo un zoquete. Cabalmente recuerdo que he pensado alguna vez en eso que usted me dice ahora... sí... allá... cuando iba a misa con mi madre al convento de dominicas.

—Estas cosas, don Diego, son la vida —añadió Santorcaz—; son la juventud y la alegría.

—¡Soberbia idea! ¿Conque vamos a buscar a esa muchachuela, mi futura esposa? ¡Qué preciosa ocurrencia! Verá ella si yo soy hombre que se deja burlar por niñerías de novicia. Nada, nada, mi esposa tiene que ser quiera o no quiera. Pero oiga usted, ¿y si nos descubren los alguaciles y nos llevan presos?

—Por eso hay que andar con cuidado; pero en ese mismo cuidado, en las precauciones que es preciso tomar consiste el mayor gusto de la empresa. Si no hubiera obstáculos y peligros, no valía la pena de intentarla.

—Efectivamente. A mí me gustan los peligros, señor don Luis. A mí me gusta todo aquello que no se sabe a dónde va a parar. Siga usted hablándome del mismo asunto. ¿Qué precauciones tomaremos?

—¡Oh! Cuando llegue el caso... Yo soy muy corrido en esas cosas. Ya no estoy para fiestas, es verdad, y por cuenta mía no intentaría aventuras de esta especie; pero son tan grandes las disposiciones que descubro en usted para ser hombre a la moderna, para ser hombre de ideas atrevidas y para echar a un lado las ranciedades y rutinas de España, que volveré a las andadas y entre los dos haremos alguna cosa.

—Pero hombre, ¿cuándo se dará esa batalla, cuándo volveremos a Córdoba, para enseñarle yo a mi señorita cómo se portan los caballeros de ideas modernas, que han recibido un desaire de las novias de Jesucristo? Pero diga usted Santorcaz, si perdemos la batalla, si nos matan...

—Todavía no se ha hecho la bala que me ha de matar. Y usted, ¿qué presentimientos tiene?

—Creo que tampoco he de morir por ahora. ¡Ay! Si viera usted, tengo un fuego dentro de la cabeza; me hierven aquí tantos pensamientos nuevos, tantas aventuras, tantos proyectos, que se me figura he de vivir lo necesario para que sepa el mundo que existe un don Diego Afán de Ribera, conde de Rumblar.

—¡Bueno, magnífico! Lo mismo era yo cuando niño. Fui después a Francia, donde aprendí muchísimas cosas que aquí ignoraban hasta los sabios. Al volver, he encontrado a esta gente un poco menos atrasada. Parece que hay aquí cierta disposición a las cosas atrevidas y nuevas. En Madrid se han fundado varias sociedades secretas...

—¿Para asaltar conventos?

—No, no son sociedades de enamorados. Si algún día se ocupan de conventos, será para echar fuera a los frailes y vender luego los edificios...

—Pues yo no los compraría.

—¿Por qué?

—Porque esas casas son de Dios, y el que se las quite se condenará.

—¿Qué es eso de condenarse? Me río de vuestras simplezas. Pues hijo, adelantado estáis.

—Estemos en paz con Dios —dijo don Diego—. Por eso creo que antes de robar del convento a mi novia, debemos confesar y comulgar, diciéndole al Señor que nos perdone lo que vamos a hacer, pues no es más que una broma para divertirnos, sin que nos mueva la intención de ofenderle.

Santorcaz rompió a reír desahogadamente.

—¿Conque usted es de los que encienden una vela a Dios y otra al diablo? Robamos a la muchacha, ¿sí o no?

—Sí, y mil veces sí. Ese proyecto me tiene entusiasmado. Y me marcharé con ella a Madrid; porque yo quiero ir a Madrid. Dicen que allí suele haber alborotos. ¡Oh! Cuánto deseo ver un alboroto, un motín, cualquier cosa de esas en que se grita, se corre, se pega. ¿Ha visto usted alguno?

—Más de mil.

—Eso debe de ser encantador. Me gustaría a mí verme en un alboroto; me gustaría gritar con los demás, diciendo: abajo esto o lo otro. ¡Ay! ¡Cómo me alegraba cuando mi señora madre reñía a don Paco, y este a los criados, y los criados unos con otros! No pudiendo resistir el alborozo que esto me causara, iba al corral, ponía cañutillos de pólvora a los gatos, y encerrándolos en un cuarto con las gallinas, me moría de risa.

Santorcaz, lejos de reír con esta nueva barrabasada de su discípulo, estaba con la mirada fija en el horizonte, completamente abstraído de todo y meditando sin duda sobre graves asuntos de su propio interés. No sé cuál será la opinión que el lector forme de las ideas de aquel hombre; pero no se les habrá ocultado que sus ingeniosas sugestiones encerraban segundo intento. El atolondrado rapaz, lanzado a las filas de un ejército sin tener conocimiento alguno del mundo, con mucha imaginación, arrebatado temperamento y ningún criterio; igualmente fascinado por las ideas buenas y las malas con tal que fueran nuevas, pues todas echaban súbita raíz en su feraz cerebro, acogía con júbilo las lecciones del astuto amigo; y su lenguaje, su nervioso entusiasmo, sus planes entre abominables e inocentes, todo anunciaba que don Diego se disponía a cometer en el mundo mil disparates.

Santorcaz después de permanecer por algunos minutos indiferente a las preguntas de su discípulo, reanudó la conversación; pero apenas comenzada esta, oímos un tiro, enseguida otro y luego otro y otro.

XXIII

Todos callamos: detuviéronse las columnas que habían comenzado a marchar, y desde el primero al último soldado prestamos atención al tiroteo, que sonaba delante de nosotros a la derecha del camino y a bastante distancia. Corrieron por las filas opiniones contradictorias respecto a la causa del hecho. Yo me alzaba sobre los estribos procurando distinguir algo; pero además de ser la noche oscurísima, las descargas eran tan lejanas, que no se alcanzaba a ver el fogonazo.

—Nuestras columnas avanzadas —dijo Santorcaz—, habrán encontrado algún destacamento francés, que viene a reconocer el camino.

—Ha cesado el fuego —dije yo—. ¿Echamos a andar? Parece que dan orden de marcha.

—O yo estoy lelo, o la artillería de la vanguardia ha salido del camino.

Oyose otra vez el tiroteo, más vivo aún y más cercano; y en la vanguardia se operaron varios movimientos, cuyas oscilaciones llegaron hasta nosotros. Sin duda pasaba algo grave, puesto que el ejército todo se estremeció desde su cabeza hasta su cola. Un largo rato permanecimos en la mayor ansiedad, pidiéndonos unos a otros noticias de lo que ocurría; pero en nuestro regimiento no se sabía nada: todos los generales corrieron hacia la izquierda del camino, y los jefes de los batallones aguardaban órdenes decisivas del estado mayor. Por último, un oficial que volvía a escape en dirección a la retaguardia, nos sacó de dudas, confirmando lo que en todo el ejército no era más que halagüeña sospecha. ¡Los franceses, los franceses venían a nuestro encuentro! Teníamos enfrente a Dupont con todo su ejército, cuyas avanzadas principiaban a escaramucear con las nuestras. Cuando nosotros nos preparábamos a salir para buscarle en Andújar, llegaba él a Bailén de paso para la Carolina, donde creía encontrarnos. De improviso unos cuantos tiros les sorprenden a ellos tanto como a nosotros: detienen el paso; extendemos nosotros la vista con ansiedad y recelo en la oscura noche; todos ponemos atento el oído, y al fin nos reconocemos, sin vernos, porque el corazón a unos y otros nos dice: «Ahí están.»

Cuando no quedó duda de que teníamos enfrente al enemigo, el ejército se sintió al pronto electrizado por cierto religioso entusiasmo. Algunos vivas y mueras sonaron en las filas, pero al poco rato todo calló. Los ejércitos tienen momentos de entusiasmo y momentos de meditación: nosotros meditábamos.

Sin embargo, no tardó en producirse fuertísimo ruido. Los generales empezaron a señalar posiciones. Todas las tropas que aún permanecían en las calles del pueblo, salieron más que deprisa, y la caballería fue sacada de la carretera por el lado derecho. Corrimos un rato por terreno de ligera pendiente; bajamos después, volvimos a subir, y al fin se nos mandó hacer alto. Nada se veía, ni el terreno ni el enemigo: únicamente distinguíamos desde nuestra posición los movimientos de la artillería española, que avanzaba por la carretera con bastante presteza. Entonces sentimos camino abajo, y como a distancia de tres cuartos de legua, un nuevo tiroteo que cesó al poco rato, reproduciéndose después a mayor distancia. Las avanzadas francesas retrocedían, y Dupont tomaba posiciones.

—¿Qué hora es? —nos preguntábamos unos a otros, anhelando que un rayo de Sol alumbrase el terreno en que íbamos a combatir.

No veíamos nada, a no ser vagas formas del suelo a lo lejos; y las manchas de olivos nos parecían gigantes, y las lomas de los cerros el perfil de un gigantesco convoy. Un accidente noté que prestaba extraña tristeza a la situación: era el canto de los gallos que se oía a lo lejos, anunciando la aurora. Nunca he escuchado un sonido que tan profundamente me conmoviera como aquella voz de los vigilantes del hogar, desgañitándose por llamar al hombre a la guerra.

Nuevamente se nos hizo cambiar de posición, llevándonos más adelante a espaldas de una batería, y flanqueados por una columna de tropa de línea. Gran parte de la caballería fue trasladada al lado izquierdo; pero a mí con el regimiento de Farnesio me tocó permanecer en el ala derecha.

De repente una granada visitó con estruendo nuestro campo, reventando hacia la izquierda por donde estaban los generales. Era como un saludo de cortesanía entre dos guerreros que se van a matar, un tanteo de fuerzas, una bravata echada al aire para explorar el ánimo del contrario. Nuestra artillería, poco amiga de fanfarronadas, calló. Sin embargo, los franceses, ansiando tomar la ofensiva, con ánimo de aterrarnos, acometieron a una columna de la vanguardia que se destacaba para ocupar una altura, y la lóbrega noche se iluminó con relampagueo horroroso, que interrumpiéndose luego, volvió a encenderse al poco rato en la misma dirección.

Por último, aquellas tinieblas en que se habían cruzado los resplandores de los primeros tiros, comenzaron a disiparse; vislumbramos las recortaduras de los cerros lejanos, de aquel suave e inmóvil oleaje de tierra, semejante a un mar de fango, petrificado en el apogeo de sus tempestades; principiamos a distinguir el ondular de la carretera, blanqueada por su propio polvo, y las masas negras del ejército, diseminado en columnas y en líneas; empezamos a ver la azulada masa de los olivares en el fondo y a mano derecha; y a la izquierda las colinas que iban descendiendo hacia el río. Una débil y blanquecina claridad azuló el cielo antes negro. Volviendo atrás nuestros ojos, vimos la irradiación de la aurora, un resplandecimiento que surgía detrás de las montañas; y mirándonos después unos a otros, nos vimos, nos reconocimos, observamos claramente a los de la segunda fila, a los de la tercera, a los de más allá, y nos encontramos con las mismas caras del día anterior. La claridad aumentaba por grados, distinguíamos los rastrojos, las yerbas agostadas, y después las bayonetas de la infantería, las bocas de los cañones, y allá a lo lejos las masas enemigas, moviéndose sin cesar de derecha a izquierda. Volvieron a cantar los gallos. La luz, única cosa que faltaba para dar la batalla, había llegado, y con la presencia del gran testigo, todo era completo.

Ya se podía conocer perfectamente el campo. Prestad atención, y sabréis cómo era. El centro de la fuerza española ocupaba la carretera con la espalda hacia Bailén, de allí poco distante: a la derecha del camino por nuestra parte se alzaban unas pequeñas lomas, que a lo lejos subían lentamente hasta confundirse con los primeros estribos de la sierra: a la izquierda también había un cerro; pero este cerro caía después en la margen del río Guadiel, casi seco en verano, y que emboca en el Guadalquivir cerca de Espelúy. Ocupaba el centro a un lado y otro del camino una poderosa batería de cañones, apoyada por considerables fuerzas de infantería: a la izquierda estaba Coupigny con los regimientos de Bujalance, Ciudad-Real, Trujillo, Cuenca, Zapadores y la caballería de España; y a la derecha estábamos además de la caballería de Farnesio, los tercios de Tejas, los suizos, los walones, el regimiento de Órdenes, el de Jaén, Irlanda y voluntarios de Utrera. Mandábanos el brigadier don Pedro Grimarest. Los franceses ocupaban la carretera por la dirección de Andújar, y tenían su principal punto de apoyo en un espeso olivar situado frente a nuestra derecha, y que por consiguiente servía de resguardo a su ala izquierda. Asimismo ocupaban los cerros del lado opuesto con numerosa infantería y un regimiento de coraceros, y a su espalda tenían el arroyo de Herrumblar, también seco en verano, que habían pasado. Tal era la situación de los dos ejércitos, cuando la primera luz nos permitió vernos las caras. Creo que entrambos nos encontramos respectivamente muy feos.

—¿Qué le parece a usted esta aventura, señor don Diego? —dijo Santorcaz.

—Estoy entusiasmado —repuso el mozuelo—, y deseo que nos manden cargar sobre las filas francesas. ¡Y mi señora madre empeñada en que conservara aquella espada vieja sin filo ni punta!...

—¿Está usía sereno? —le preguntó Marijuán.

—Tan sereno que no me cambiaría por el Emperador Napoleón —repuso el conde—. Yo sé que no me puede pasar nada, porque llevo el escapulario de la Virgen de Araceli que me dieron mis hermanitas, con lo cual dicho se está que me puedo poner delante de un cañón. ¿Y usted, señor de Santorcaz, está sereno?

—¿Yo? —repuso don Luis con cierta tristeza—. Ya sabe usted que he estado en Hollabrünn, en Austerlitz y en Jena.

—Pues entonces...

—Por lo mismo que he estado en tan terribles acciones de guerra, tengo miedo.

—¡Miedo! Pues fuera de la fila. Aquí no se quiere gente medrosa.

—Todos los soldados aguerridos —dijo Santorcaz—, tienen miedo al empezar la batalla, por lo mismo que saben lo que es.

Oído esto, casi todos los bisoños que poco antes reíamos a carcajada tendida, saludándonos con bravatas y dicharachos, conforme a la guerrera exaltación de que estábammos poseídos, callamos, mirándonos unos a otros, para cerciorarse cada cual de que no era él solo quien tenía miedo.

—¿Sabéis lo que dijo mi señora madre que hiciera al comenzar la batalla? —indicó Rumblar—. Pues me dijo que rezara un Ave-María con toda devoción. Ha llegado el momento. *Dios te salve, María..., etc.*

El mayorazguito continuó en voz baja el Ave-María que había empezado en alta voz, y todos los que estaban en la fila le imitaron, como si aquello en vez de escuadrón fuera un coro de religioso rezo; y lo más extraño fue que Santorcaz, poniéndose pálido, cerrando los ojos, y quitándose el sombrero con humilde gesto, dijo también *Santa María...*

Aún resonaba en el aire aquella fervorosa invocación, cuando un estruendo formidable retumbó en las avanzadas de ambos ejércitos. Las columnas francesas del ala derecha se desplegaron en línea y rompieron el fuego contra nuestra izquierda.

XXIV

He empleado mucho tiempo en describir la posición de los ejércitos, la configuración del terreno y el principio del ataque; pero no necesito advertir que todo esto pasó en menos tiempo del empleado por mi tarda pluma en contarlo. Nuestras fuerzas no estaban convenientemente distribuidas cuando tuvo lugar la primera embestida de los imperiales. Verificada esta, no pueden ustedes figurarse qué precipitados movimientos hubo en el centro del ejército español. Las de retaguardia, que aún llenaban la carretera, corrían velozmente a sostener la izquierda: los cañones ocupaban su puesto; todo era atropellarse y correr, de tal modo, que por un instante pareció que el primer ataque de los franceses había producido confusión y pánico en las filas de Coupigny. En tanto, los de la derecha permanecíamos quietos, y los de a caballo que ocupábamos parte de la altura, podíamos ver perfectamente los movimientos del combate, que en lugar más bajo y a bastante distancia se había acabado de trabar.

Tras las primeras descargas de las líneas francesas, estas se replegaron, y avanzando la artillería disparó varios tiros a bala rasa. Ellos ponían en ejecución su táctica propia, consistente en atacar con mucha energía sobre el punto que juzgaban más débil, para desconcertar al enemigo desde los primeros momentos. Algo de esto lograron al principio; pero nosotros teníamos una excelente artillería, y disparando también con bala rasa las seis piezas puestas en la carretera y a sus flancos, el centro francés se resintió al instante, y para reforzarle, tuvo que replegar su ala derecha, produciendo esto un pequeño avance de la división de Coupigny. Entretanto, todos teníamos fija la vista en el otro extremo de la línea y hacia la carretera, y olvidábamos la espesura del olivar que estaba delante. De pronto, las columnas ocultas entre los árboles salieron y se desplegaron, arrojando un diluvio de balas sobre el frente del ala derecha. Desde entonces, el fuego, corriéndose de un extremo a otro, se hizo general en el frente de ambos ejércitos. La caballería, brazo de los momentos terribles, no funcionaba aún y permanecía detrás, quieta y relinchante, conteniéndose con sus propias riendas.

Pero a pesar de generalizarse la lucha, en aquel primer período de la batalla todo el interés continuaba, como he dicho, en el ala izquierda. Atacada por los franceses con una valentía pasmosa, nuestros batallones de línea retrocedieron un momento. Casi parecía que iban a abandonar su posición al enemigo; pero bien pronto se repusieron tomando la ofensiva al amparo de dos bocas de fuego y de la caballería de España, que cargó a los franceses por el flanco. Vacilaron un tanto los imperiales de aquella ala, y gran parte de las fuerzas que habían salido del olivar se transportaron al otro lado. Su artillería hizo grandes estragos en nuestra gente; mas con tanta intrepidez se lanzó esta sobre las lomas que ocupaba el enemigo entre el camino y el río Guadiel; con tanta bravura y desprecio de la vida afrontaron los soldados de línea la mortífera bala rasa y las cargas de la caballería del general Privé, que llegaron a dominar tan fuerte posición.

Antes que esto se verificara ocurrieron mil lances de esos que ponen a cada minuto en duda el éxito de una batalla. Se clareaban nuestras líneas, especialmente las formadas con voluntarios; volvían a verse compactas y formidables, avanzando como una muralla de carne; oscilaban después y parecían resbalar por la pendiente cuando las patas delanteras de los caballos de los coraceros principiaban a martillar sobre los pechos de nuestros soldados; luego estos rechazaban a los animales con sus haces de bayonetas; caían para levantarse con frenético ardor o no levantarse nunca, hasta que, por último, el ala francesa se puso en dispersión, replegándose hacia la carretera.

Mientras esto pasaba, los de la derecha se sostenían a la defensiva, y el centro cañoneaba para mantener en respeto al enemigo, porque casi gran parte de la fuerza había acudido a la izquierda; pero una vez que se oyeron los gritos de júbilo de los soldados de esta, posesionados de la altura, antes en poder de los franceses, y cuando se vio a estos aglomerarse sobre su centro, diose orden de avance a las seis piezas del nuestro, y por un instante el pánico y desorden del enemigo fueron extraordinarios. Para concertarse de nuevo y formar otra vez sus columnas tuvieron que retroceder al otro lado del puente del Herrumblar. Viéndoles en mal estado, se trató de lanzar toda la caballería en su persecución; pero varias de sus piezas, desmontadas por nuestras balas, obstruían el camino, también entorpecido con los espaldones que habían empezado a formar.

El Sol esparcía ya sus rayos por el horizonte. Nuestros cuerpos proyectaban en la tierra y hacia adelante larguísimas sombras negras. Cada animal, con su jinete, dibujaba en el suelo una caricatura de hombre y caballo, escueta, enjuta, disparatada, y todo el suelo estaba lleno de aquellas absurdas legiones de sombras que harían reír a un chico de escuela.

Ustedes se reirán de verme ocupado en tan triviales observaciones; pero así era, y no tengo por qué ocultarlo. En aquel momento estábamos en una pequeña tregua, aunque la cosa no pareciera muy próxima a concluir. Hasta entonces solo habíamos sido atacados por una parte de las fuerzas enemigas, pues la división de Barbou, algo rezagada, no estaba aún en el campo francés. Entretanto, y mientras se tomaban disposiciones para rechazar un segundo ataque, que no sabíamos si sería por la derecha o por el centro, retiraban los españoles sus heridos, que no eran pocos, mas no ciertamente en mi división, la cual estuviera hasta entonces a la defensiva, tiroteándose ambos frentes a alguna distancia. Mi regimiento permanecía aún intacto y reservado para alguna ocasión solemne.

Los franceses no tardaron en intentar la adquisición del puente perdido. Su primer ataque fue débil, pero el segundo violentísimo. Oíd cómo fue el primero. La infantería española, desplegándose en guerrillas a un lado y a otro del camino, les azotaba con espeso tiroteo. Lanzaron ellos sus caballos por el puente; pero con tan poca fortuna, que tras de una pequeña ventaja obtenida por el empuje de aquella poderosa fuerza, tuvieron que retirarse, porque pasada la sorpresa, nuestros infantes les acribillaron a bayonetazos, dejando un sinnúmero de jinetes en el suelo y otros precipitados por sobre los pretiles al lecho del arroyo. No tuvimos tan buena suerte en el segundo ataque, porque renunciando ellos a poner en movimiento la caballería en lugar angosto, atacaron a la bayoneta con tanta fiereza, que nuestros regimientos de línea, y aun los valientes walones y suizos, retrocedieron aterrados. Yo oí contar en la tarde de aquel mismo día a un soldado de los tiradores de Utrera, presente en aquel lance, que los franceses, en su mayor parte militares viejos, cargaron a la bayoneta con una furia sublime, que producía en los nuestros, además del desastre físico, una gran inferioridad moral. Me dijo que se espantaron, que en un momento viéronse pequeños, mientras que los franceses se agrandaban, presentándose como una falange de millones de hombres; que los vivas al Emperador y los gritos de cólera eran tan furiosamente pronunciados, que parecían matar también por el solo efecto del sonido; y que, por último, sintiendo los de acá desfallecer su entusiasmo y al mismo tiempo un repentino e invencible cariño a la vida, abandonaron aquel puente mezquino, ardientemente disputado por dos Naciones, y que al fin quedó por Francia.

El efecto moral de esta pérdida fue muy notable entre nosotros. Advirtiose claramente en todo el ejército como un estremecimiento de desasosiego, como una inquietud que, partiendo de aquel gran corazón compuesto de dieciocho mil corazones, se transmitía a la temblorosa bayoneta, asida por la indecisa mano. Entonces pude observar cómo se individualiza un ejército, cómo se hace de tantos uno solo, resumiendo de un modo milagroso los sentimientos lo mismo que se resume la fuerza; pude observar cómo aquella gran masa recibe y transmite las impresiones del combate con la presteza y uniformidad de un solo sistema nervioso; cómo todos los movimientos del organismo físico, desde la mano del general en jefe hasta la pezuña del último caballo, obedecen a la alegría de un momento, a la pena de otro momento, a las angustiosas alternativas que en el discurso de cuantas horas consiente y dispone Dios, espectador no indiferente de estas barbaridades de los hombres.

La pérdida del puente sobre el Herrumblar, que al amanecer se había ganado, hizo que el ala derecha retrocediera buscando mejor posición. Casi todas las posiciones se variaron. Los generales conocían la inminencia de un ataque terrible, los soldados viejos la preveían, los bisoños la sospechábamos, y nuestros caballos, reculando y estrechándose unos contra otros, olían en el espacio, digámoslo así, la proximidad de una gran carnicería.

Eran las seis de la mañana y el calor principiaba a hacerse sentir con mucha fuerza. Comenzamos a sentir en las espaldas aquel fuego que más tarde había de hacernos el efecto de tener por médula espinal una barra de metal fundido. No habíamos probado cosa alguna desde la noche anterior, y una parte del ejército, ni aun en la noche anterior había comido nada. Pero este malestar era insignificante comparado con otro que desde la mañana principió a atormentarnos, la sed, que todo lo destruye; alma y cuerpo, infundiendo una rabia inútil para la guerra, porque no se sacia matando.

Es verdad que desde Bailén salían en bandadas multitud de mujeres con cántaros de agua para refrescarnos; pero de este socorro apenas podía participar una pequeña parte de la tropa, porque los que estaban en el frente no tenían tiempo para ello. Algunas veces aquellas valerosas mujeres se exponían al fuego, penetrando en los sitios de mayor peligro, y llevaban sus alcarrazas a los artilleros del centro. En los puntos de mayor peligro, y donde era preciso estar con el arma en el puño constantemente, nos disputábamos un chorro de agua con atropellada brutalidad: rompíanse los cántaros al choque de veinte manos que los querían coger, caía el agua al suelo, y la tierra, más sedienta aún que los hombres, se la chupaba en un segundo.

XXV

¿Por qué sitio pensaban atacarnos los franceses? Conociendo que el centro era inexpugnable por entonces; siendo el principal objeto de Dupont abrirse camino hacia Bailén, y considerando que era peligroso intentarlo por el ala izquierda, no solo porque allí la posición de los españoles era excelente, sino porque les ofrecía un gran peligro la cuenca del Guadiel, determinaron atacar nuestra ala derecha, esperando abrir en ella un boquete que les diera paso. Su artillería no cesaba de arrojar bala rasa, protegiendo la formación de las poderosas columnas que bien pronto debían hostilizarnos. Al punto se reforzó el ala derecha, se desplegaron en línea varios batallones y sin esperar el ataque marcharon hacia el enemigo, amparados por dos piezas de artillería. El primer momento nos fue favorable. Pero el olivar vomitó gente y más gente sobre nuestra infantería. Por un instante confundidas ambas líneas en densa nube de polvo y humo, no se podía saber cuál llevaba ventaja. Caían los nuestros sobre los imperiales, y la metralla enemiga les hacía retroceder; avanzaban ellos y adquiríamos a nuestra vez momentánea inferioridad.

Por largo tiempo duró este combate, tanto más cruel, cuanto era más proporcionado el empuje de una y otra parte, hasta que al fin observamos síntomas de confusión en nuestras filas; vimos que se quebraban aquellas compactas líneas, que retrocedían sin orden, que chocaban unos con otros los grupos de soldados. La división se conmovió toda, y dos batallones de reserva avanzaron para restablecer el orden. Gritaban los jefes hasta perder la voz, y todos se ponían a la cabeza de las columnas, conteniendo a los que flaqueaban y excitando con ardorosas palabras a los más valientes. Los tercios de Tejas y el regimiento de Órdenes se lanzaron al frente, mientras se restablecía el concierto en los cuerpos que hasta entonces habían sostenido el fuego. Sobre todo, el regimiento de Órdenes, uno de los más valientes del ejército, se arrojó sobre el enemigo con una impavidez que a todos nos dejó conmovidos de entusiasmo. Su coronel don Francisco de Paula Soler, parecía dar fuego a todos los fusiles con la arrebatadora llama de sus ojos, con el gesto de su mano derecha empuñando la espada que parecía un rayo, con sus gritos que sobresalían entre el granizado tiroteo, sublimando a los soldados.

La metralla y la fusilería enemiga se recrudecieron de tal modo, que casi toda la primera fila del valiente regimiento de Órdenes cayó, cual si una gigantesca hoz la segara. Pero sobre los cuerpos palpitantes de la primera fila pasó la segunda, continuando el fuego. Como si los tiros franceses persiguieran con inteligente saña las charreteras, el regimiento vio desaparecer a muchos de sus oficiales.

Reforzáronse también los imperiales, y desplegando nueva línea con gente de reserva, avanzaron a la bayoneta, pujantes, aterradores, irresistibles. ¡Momento de incomparable horror! Figurábaseme ver a dos monstruos que se baten mordiéndose con rabia, igualmente fuertes y que hallan en sus heridas, en vez de cansancio y muerte, nueva cólera para seguir luchando. Cuando las bayonetas se cruzaban, el campo ocupado por nuestra infantería se clareó a trozos; sentimos el crujido de poderosas cureñas rebotando en el suelo de hoyo en hoyo al arrastre de las mulas castigadas sin piedad; los cañones de a 12 enfilaron el eje de sus ánimas hacia las líneas enemigas; los botes de metralla penetraron en el bronce, se atacaron con prontitud febril, y un diluvio de puntas de hierro, hendiendo horizontalmente el aire, contuvo la marcha del frente francés. A un disparo se sucedía otro: la infantería, rehecha, flanqueaba los cañones, y para completar el acto de desesperación, un grito resonó en nuestro regimiento. Todos los caballos patalearon, expresando en su ignoto lenguaje que comprendían la sublimidad del momento; apretamos con fuerte puño los sables, y medimos la tierra que se extendía delante de nosotros. La caballería iba a cargar.

Vimos que a todo escape se nos acercó un general, seguido de gran número de oficiales. Era el marqués de Coupigny, alto, fuerte, rubio, colorado de suyo, y en aquella ocasión encendido, como si toda su cara despidiera fuego. Era Coupigny hombre de pocas palabras; pero suplía su escasez oratoria con la llama de su mirar, que era por sí una proclama. Nosotros pusimos atención esperando que nos dijera alguna cosa; pero el general dispuso con un gesto la dirección del movimiento, y después nos miró. No necesitamos más.

«¡Viva España! ¡Viva el Rey Fernando! ¡Mueran los franceses!» exclamamos todos, y el escuadrón se puso en movimiento. Estábamos formados en columna, y nos desplegamos en batalla sobre los costados, bajando a buen paso, pero sin precipitación, de la altura donde habíamos estado. Maniobramos luego para tener a nuestro frente el flanco enemigo; las tropas que por allí atacaban dicho flanco doblaron por cuartas para darnos paso por los claros; el jefe gritó: «A la carga»; picamos espuela, y ciegamente caímos sobre el enemigo como repentina avalancha. Yo, lo mismo que Santorcaz, el mayorazgo y los demás de la partida, íbamos en la segunda fila. Penetraron impetuosamente los de la primera, acuchillando sin piedad; los caballos bramaban de furor, sintiéndose heridos a fuego y a hierro. Algunos caían, dejando morir a sus jinetes, y otros se arrojaban con más fuerza destrozando cuanto hallaban bajo sus poderosas manos. Los de la primera fila hicieron gran destrozo; pero a los de la segunda nos costó más trabajo, porque avanzando demasiado los delanteros, quedamos envueltos por la infantería, lo cual atenuaba un poco nuestra superioridad. Sin embargo, destrozábamos pechos y cráneos sin piedad.

Yo vi a Rumblar, ciego de ira, luchando cuerpo a cuerpo con un francés; vi a Santorcaz dando pruebas de tener un puño formidable para el manejo del sable; uselo yo mismo con toda la destreza que me era posible, y lo mismo yo que mis amigos y otros muchos jinetes de mi fila nos internamos locamente por el grueso de la infantería contraria. Otro escuadrón daba nueva carga por el mismo flanco, lo cual, observado por nosotros, nos reanimó. No íbamos mal; pero los franceses eran muchos, estaban muy hechos a tales embestidas y sabían defenderse bien de la pesadumbre de los caballos, así como de los sablazos.

Sin embargo, no retrocedían delante de nosotros. Ya se sabe que siendo el objeto de la caballería producir un gran sacudimiento y pavor en las filas enemigas por la violencia del primer choque, cuando este no da aquellos resultados y se empeñan combates parciales entre los caballos y una numerosa infantería, los primeros corren gran riesgo de desaparecer, brutales masas devoradas en aquel hervidero de agilidad y de destreza. Aunque en la carga les hicimos gran daño, no les pusimos en dispersión: los combates parciales se entablaron pronto, y fue preciso que la caballería de España, a escape traída del ala izquierda; nos reforzase, para no ser envueltos y perdidos sin remedio. Hubo un momento en que me vi próximo a la muerte. A mi lado no había más que dos o tres jinetes, que se hallaban en trance tan apurado como yo: nos miramos, y comprendiendo que era preciso hacer un supremo esfuerzo, arremetimos a sablazos con bastante fortuna. Con esto y el pronto auxilio de la carga hecha en el mismo instante por la caballería de España, salimos del apuro. Revolviendo atrás, hundí las espuelas, y mi caballo de un salto se puso en la nueva fila. No vi a mi lado más cara conocida que la de Marijuán. El conde y Santorcaz habían desaparecido.

En el mismo instante mi caballo flaqueó de sus cuartos traseros. Intenté hacerle avanzar, clavándole impíamente las espuelas: el noble animal, comprendiendo sin duda la inmensidad de su deber y tratando de sobreponerle a la agudeza de su dolor, dio algunos botes; pero cayó al fin escarbando la tierra con furia. El desgraciado había recibido una violenta herida en el vientre, y falto de palabra para expresar su padecimiento, bramaba, aspirando con ansia el aire inflamado, sacudía el cuello, parecía dar a entender que hallando un charco de agua en que remojar la lengua sus dolores serían menos vivos, y al fin se abandonó a su suerte, tendiéndose sobre el campo, indiferente al ruido del cañón y al toque de degüello.

XXVI

Hallándome desmontado, me dirigí a buscar un puesto entre las escoltas de la artillería o en el servicio de municiones que se hacía precipitadamente por los tambores entre los carros y las piezas. Al dar los primeros pasos, advertí el extraordinario decaimiento de mis fuerzas físicas; no podía tenerme en pie, y el ardor de mi sangre llegado a su último extremo, me paralizaba cual si estuviese enfermo. No es propio decir que hacía calor, porque esta frase común al verano de todos los países europeos es inexpresiva para indicar la espantosa inflamación de aquella atmósfera de Andalucía en el día infernal que presenció la batalla de Bailén. El efecto que hacía en nuestros cuerpos era el de una llamarada que los azotaba por todos lados: la cara se nos abrasaba como cuando nos asomamos a un horno encendido, y deshechos en sudor, nuestros cuerpos hervían, descomponiéndose la economía entera, desde el instante en que fuertes excitaciones del espíritu dejaban de sostenerla.

Cuando me encontré a pie y a alguna distancia del combate, que seguía con ventaja para los españoles, empecé a sentir vivamente y de un modo irresistible el aguijón candente de la sed que horadaba mi lengua, y la corriente de fuego que envolvía mi cuerpo. Esto me daba tal desesperación, que de prolongarse mucho hubiérame impelido a beber la sangre de mis propias venas. Por ninguna parte alcanzaba a ver la gente del pueblo que antes trajera cántaros con agua, y al buscar con ansiosa inspiración en el seco aire una partícula de agua, bebía y respiraba oleadas de polvo abrasador.

Por un rato perdí la exaltación guerrera y el furor patriótico que antes me dominaban, para no pensar más que en la probabilidad de beber, previendo las delicias de un sorbo de agua, y anhelando apagar aquellas ascuas pegajosas que revolvía en mi boca. Con este deseo caminé largo trecho ante las filas de retaguardia del centro: los soldados de los regimientos que allí se rehacían para salir de nuevo al frente, clamaban también pidiendo agua. Vimos con alegría que desde el pueblo venían corriendo algunos soldados con cubos; pero al punto se nos dijo que aquella agua no era para nosotros; era para otros sedientos, cuyas bocas necesitaban refrescarse antes que las nuestras, si el combate había de tener buen éxito; era para los cañones.

La resistencia enérgica de las dos piezas del ala derecha, combinadas con las seis de la batería central, y el auxilio de la caballería atacando por el flanco la línea enemiga, hizo que esta fuese rechazada, a pesar de su frente compacto e incomparable bravura. Los franceses se retiraron, dejándose perseguir y desposicionar por la infantería y caballos de nuestra derecha. Harto se conocía este resultado en los gritos de alegría, en aquel concierto de injurias con que el vencedor confirma la catástrofe del vencido, cuando este vuelve la espalda. El sitio donde yo estaba se vio despejado por el avance de nuestras tropas, y en casi todos los jefes que allí había observé tal expresión de gozo que sin duda consideraban asegurada la victoria. ¡Oh momento feliz! Ya se podía pensar en beber. ¿Pero dónde?

Después del avance de nuestras tropas, que no ocuparon enteramente las posiciones francesas por ofrecer esto algún peligro, los soldados del regimiento de Órdenes divisaron una noria, en el momento en que los franceses que durante la acción la habían ocupado se hallaban en el caso de abandonarla. Vieron todos aquel lugar como un santuario cuya conquista era el supremo galardón de la victoria, y se arrojaron sobre los defensores del agua escasa y corrompida que arrojaban unos cuantos arcaduces en un estanquillo. Los enemigos, que no querían desprenderse de aquel tesoro, le defendían con la rabia del sediento. Apenas disparados los primeros tiros, otros muchos franceses, extenuados de fatiga, y encontrándose ya sin fuerzas para combatir si no les caía del cielo o les brotaba de la tierra una gota de agua, acudieron a beber, y viéndola tan reciamente disputada, se unieron a los defensores.

Yo oí decir: «¡Allí hay agua, allí se están disputando la noria!» y no necesité más. Lanceme y conmigo se lanzaron otros en aquella dirección; tomé del suelo un fusil que aún apretaba en sus manos un soldado muerto, y corrí con los demás a todo escape en dirección a la noria. Penetramos en un campo a medio segar, a trechos cubierto de altos trigos secos, a trechos en rastrojo. La lucha en la noria se hacía en guerrillas; acerqueme a la que me pareció más floja, y desprecié la vida lleno mi espíritu del frenético afán de conquistar un buche de agua. Aquel imperio compuesto de dos mal engranadas ruedas de madera, por las cuales se escurría un miserable lagrimeo de agua turbia, era para nosotros el imperio del mundo. La hidrofagia, que a veces amilana, a ratos también convierte al hombre en fiera, llevándole con sublime ardor a desangrarse por no quemarse.

Los franceses defendían su vaso de agua, y nosotros se lo disputábamos; pero de improviso sentimos que se duplicaba el calor a nuestras espaldas. Mirando atrás, vimos que las secas espigas ardían como yesca, inflamadas por algunos cartuchos caídos por allí, y sus terribles llamaradas nos freían de lejos la espalda. «O tomar la noria o morir», pensamos todos. Nos batíamos apoyados contra una hoguera, y la hambrienta llama, al morder con su diente insaciable en aquel pasto, extendía alguna de sus lenguas de fuego azotándonos la cara. La desesperación nos hizo redoblar el esfuerzo porque nos asábamos, literalmente hablando; y por último, arrojándonos sobre el enemigo resueltos a morir, la gota de agua quedó por España al grito de «¡Viva Fernando VII!»

Por un momento dejamos de ser soldados, dejamos de ser hombres, para no ser sino animales. Si cuando sumergimos nuestras bocas en el agua, hubiera venido un solo francés con un látigo, nos habría azotado a todos, sin que intentáramos defendernos. Después de emborracharnos en aquel néctar fangoso, superior al vino de los dioses, nos reconocimos otra vez en la plenitud de nuestras facultades. ¡Qué inmensa alegría!, ¡qué rebosamiento de fuerza y de orgullo!

¿Pero habíamos vencido definitivamente a los franceses? Cuando se disipó aquella lobreguez moral con que la horrible sequedad del cuerpo había envuelto el espíritu, nos vimos en situación muy difícil. Corriendo hacia la noria nos habíamos apartado de nuestro campo, y adviértase que si el ejército francés fue rechazado con grandes pérdidas, conservaba aún sus posiciones. ¿Iba a emprenderse nuevo ataque, haciendo el último esfuerzo de la desesperación? Creíamos que sí, y señales de esto notamos en el campo enemigo que teníamos tan cerca. Al punto corrimos desbandamente hacia el nuestro, que estaba algo lejos, y saltando por junto a los trigos incendiados, abandonamos la noria, por temor a que fuerzas más nume-rosas que las nuestras nos hicieran prisioneros.

Verdad que los franceses, no dando ya ninguna importancia a las acciones parciales, se ocupaban en organizar el resto y lo mejor de su fuerza para dar un golpe de mano, última estocada del gigante que se sentía morir.

Corrimos, pues, hacia nuestro campo. Ya cerca de él, pasó rápidamente por delante de mí un caballo sin jinete, arrogante, vanaglorioso, con la crin al aire, entero y sin heridas, algo azorado y aturdido. Era un animal de pura casta cordobesa, lo mismo que el mío. Le seguí, y apoderándome de sus bridas, cuando volvía me monté en él: después de ser por un rato soldado de a pie, tornaba a ser jinete. Busqué con la vista el escuadrón más próximo, y vi que a retaguardia del centro se formaba en columna con distancias el de España. Entré en las primeras filas, a punto que dijeron junto a mí:

—Los generales franceses van a hacer el último esfuerzo. Dicen que hay unas tropas que todavía no han entrado en fuego, y son las mejores que Napoleón ha traído a España.

Efectivamente, el centro se preparaba a una defensa valerosa, y guarnecía sus baterías, distribuía los regimientos a un lado y otro, agrupando a retaguardia fuerzas considerables de caballería a retaguardia. Cuando esto pasaba, sentí un vivo clamor de la naturaleza dentro de mí, sentí hambre, pero ¡qué hambre!... Francamente, y sin ruborizarme, digo que tenía más ganas de comer que de batirme. ¿Y qué? ¿Este miserable hijo de España no había hecho ya bastante por su Rey y por su patria, para permitir llevarse a la boca un pedazo de pan?

Haciendo estas reflexiones, registré primero la grupera de mi cabalgadura allegadiza, donde no había más que alguna ropa blanca, y después las pistoleras, donde encontré un mendrugo. ¡Hallazgo incomparable! No satisfecho, sin embargo, con tan poca ración, llevé mis exploraciones hasta lo más profundo de aquellos sacos de cuero, y mis dedos sintieron el contacto de unos papeles. Saquelos, y vi un pequeño envoltorio y tres cartas, la una cerrada y las otras dos abiertas, todas con sobrescrito. Leí el primer sobre que se me vino a la mano, y decía así: «Al señor don Luis de Santorcaz, en Madrid, calle de...»

Había montado en el caballo de Santorcaz.

XXVII

Olvidándome al instante de todo, no pensé mas que en examinar bien lo que tenía en las manos. El sobrescrito de la primera carta que saqué y que estaba abierta, era de letra femenina, que reconocí al momento. El de la carta cerrada, que sin duda no estaba ya en la estafeta por detención involuntaria, era de hombre, y decía: «*Señora condesa de...* (aquí el título de Amaranta) *en Córdoba, calle de la Espartería.*» El tercer sobre, también de carta abierta, era de letra de hombre y dirigido a Santorcaz. Desenvolví enseguida el envoltorio de papeles, que guardaba un bulto como del tamaño de un duro, y al ver lo que contenía, una luz vivísima inundó mi alma y sentí dolorosa punzada en el corazón. Era el retrato de Inés.

Aquella aparición en el campo de batalla, en medio del zumbido de los cañones y del choque de las armas; la inesperada presencia ante mí de aquella cara celestial, fielmente reproducida por un gran artista; la sonrisa iluminada que creí observar sobre la placa, cuando fijé en ella mis ojos; aquella repentina visita, pues no era otra cosa, de mi fiel amiga, cuando yo hacía tan vivos esfuerzos para hacerme digno de ella, me regocijaron de un modo inexplicable. Para iluminar los rasgos y colores de aquel retrato que sonreía, valía la pena de que saliese el Sol, de que existiese el mundo, de que la serie del tiempo trajera aquel día, aunque deslustrado por los horrores de una batalla.

Estreché aquella Inés de dos pulgadas contra mi corazón y la guardé en mi pecho, resuelto a no darla, aunque la materialidad del pedazo de cobre pintado no me pertenecía... Pero era preciso leer aquellos papeles que podían esclarecer alguna de mis dudas. Detúvome al principio la vergüenza de leer cartas ajenas, lo cual es cosa fea; pero consideré que Santorcaz habría muerto, fundándome en la dispersión de su caballo abandonado, y además, como la curiosidad me empezaba a picar, a escocer, a quemar de un modo muy vivo, me decidí a leer la carta abierta, porque el deseo de hacerlo era más fuerte que todas las consideraciones.

Yo estaba completamente absorbido por aquel asunto de interés íntimo: yo no atendía a la batalla; yo no hacía caso de los cañonazos; yo no me fijaba en los gritos; yo no apartaba la cabeza del papel, aunque sentía correr por junto a mis oídos el estrepitoso aliento de la lucha. En aquel instante, entre los veinte mil hombres que formando dos grandes conjuntos, se disputaban unas cuantas varas de terreno, yo era quizás el único que merecía el nombre de individuo. Átomo disgregado momentáneamente de la masa, se ocupaba de sus propias batallas.

La carta abierta, que llevaba la firma de Amaranta, decía así, después de las fórmulas de encabezamiento:

«¿Eres un malvado o un desgraciado? En verdad no sé qué creer, pues de tu conducta todo puede deducirse. Después de una ausencia de muchos años, durante los cuales nadie ha logrado traerte al buen camino, ahora vuelves a España sin más objeto que hostigarme con pretensiones absurdas a que mi dignidad no me permite acceder. Harto he hecho por ti, y ahora mismo cuando me has manifestado tu situación, te he propuesto un medio decoroso de remediarla. ¿Qué más puedo hacer? Pero no te satisface lo que en la actualidad y siempre bastaría a calmar la ambición de un hombre menos degradado que tú; te rebelas contra mis beneficios, y aspiras a más, amenazándome sin miramiento alguno. A todo esto contesto diciéndote que desprecio tus amenazas, y que no las temo. No, no es posible que por la amenaza consiga nadie de mí lo que me impelen a negar mi dignidad, mi categoría, mi familia y mi nombre. Nunca creí que aspiraras a tanto, y siempre pensé que te conceptuarías muy feliz con lo que otras veces has alcanzado de mí, y hoy te ofrezco, haciendo un verdadero sacrificio, porque el estado del Reino ha disminuido nuestras rentas...»

Al llegar aquí el golpe de un peso que cayó chocando con mi rodilla, me hizo levantar la vista de la carta. El soldado que formaba junto a mí, herido mortalmente por una bala perdida, había rodado al suelo. En aquel intervalo vi hacia enfrente, envueltas en espeso humo las columnas francesas que venían a atacar el centro. Pero mi ánimo no estaba para fijar la atención en aquello. Pude notar que la caballería avanzaba un poco, que después retrocedía y oscilaba de flanco; pero dejándome llevar por el caballo, con los ojos fijos en el papel que sostenía a la altura de las riendas, no puse ni un desperdicio de voluntad en aquellos movimientos de la máquina en que estaba engranado. La carta continuaba así:

«...En vano para conmoverme finges gran interés por aquel ser desgraciado que vino al mundo como testimonio vivo de la funesta alucinación y del fatal error de su madre. ¿A qué ese sentimiento tardío? ¿A qué acusarme de su abandono? No, esa niña no existe; te han engañado los que te han dicho que yo la he recogido. Mal podría recogerla cuando ya es un hecho evidente que Dios se la llevó de este mundo. ¿A qué conduce el amenazarme con ella, haciéndola instrumento de tus malas artes para conmigo? No pienses en esto. Por última vez te aconsejo que desistas de tus locas pretensiones, y te presentes ante mí con bandera de paz. ¿Eres un malvado o un desgraciado? Yo sería muy feliz si me probaras lo segundo, porque uno de mis mayores tormentos consiste en suponer tan profundamente corrompido el corazón que hace años solo existía para amarme...»

Con esto y la firma de Amaranta terminaba la epístola, cuya lectura, absorbiendo mi atención, me distraía de la batalla. El fragor de esta zumbaba en mis oídos como el rumor del mar, a quien generalmente no se hace caso alguno desde tierra. ¿Es tal vuestra impertinencia que queréis obligarme a contaros lo que allí pasaba? Pues oíd. Cuando la tropa francesa de línea retrocedió por tercera vez, extenuada de hambre, de sed y de cansancio; cuando los soldados que no habían sido heridos se arrojaban al suelo maldiciendo la guerra, negándose a batirse e insultando a los oficiales que les llevaran a tan terrible situación, el general en jefe reunió la plana mayor, y expuesto en breve consejo el estado de las cosas, se decidió intentar un último ataque con los marinos de la guardia imperial, aún intactos, poniéndose a la cabeza todos los generales.

Por eso, cuando leída la carta alcé los ojos, vi delante de las primeras filas de caballería algunas masas de tropa escoltando los seis cañones de la carretera, cuyo fuego certero y terrible había sido el nudo gordiano de la batalla. Servidos siempre con destreza y al fin con exaltación, aquellos seis cañones eran durante unos minutos la pieza de dos cuartos arrojada por España y Francia, por la usurpación y la nacionalidad en un corrillo de veinte mil soldados. ¿Cara o cruz? ¿Las tomarían los franceses? ¿Se dejarían quitar los españoles aquellos seis cañones? ¿Quién podría más, nuestros valientes y hábiles oficiales de artillería, o los quinientos marinos?

Yo vi a estos avanzar por la carretera, y entre el denso humo distinguimos un hombre puesto al frente del valiente batallón y blandiendo con furia la espada; un hombre de alta estatura, con el rostro desfigurado por la costra de polvo que amasaban los sudores de la angustia; de uniforme lujoso y destrozado en la garganta y seno como si se lo hubiera hecho pedazos con las uñas para dar desahogo al oprimido pecho. Aquella imagen de la desesperación, que tan pronto señalaba la boca de los cañones como el cielo, indicando a sus soldados un alto ideal al conducirles a la muerte, era el desgraciado general Dupont que había venido a Andalucía, seguro de alcanzar el bastón de mariscal de Francia. El paseo triunfal de que habló al partir de Toledo había tenido aquel tropiezo.

Los repetidos disparos de metralla no detenían a los franceses. Brillaban los dorados uniformes de los generales puestos al frente, y tras ellos la hilera de marinos, todos vestidos de azul y con grandes gorras de pelo, avanzaba sin vacilación. De rato en rato, como si una manotada gigantesca arrebatase la mitad de la fila, así desaparecían hombres y hombres. Pero en cada claro asomaba otro soldado azul, y el frente de columna se rehacía al instante, acercándose imponente y aterrador. Acelerábase su marcha al hallarse cerca; iban a caer como legión de invencibles demonios sobre las piezas para clavarlas y degollar sin piedad a los artilleros.

Los que asistían a aquel espectáculo, sin ser actores de él, estaban mudos de estupor, con el alma y la vida en suspenso, cual si aguardaran el resultado del encuentro para dejar de existir o seguir existiendo. Sin embargo esto, ¿creerán mis lectores que algo ocupaba mi espíritu más de lleno que la última peripecia? Pues sí: yo tenía en mi mano la carta cerrada, y la curiosidad por leerla no era curiosidad, era una sed moral más terrible que la sed física que poco antes me había atormentado. Incapaz de resistirla, sintiendo que todo se eclipsaba ante la inmensidad del interés despertado en mí por los asuntos de dos o tres personas que no habían de decidir la suerte del mundo, tomé la carta, la abrí sin reparar en lo vituperable de esta acción, y al punto la devoré con los ojos, leyendo lo siguiente:

«Señora condesa: Vuestra carta me anuncia que nada puedo esperar de vos por los honrados medios que os he propuesto. Lo comprendo todo, y si en la última que me dirigisteis, dictada sin duda por vuestro propio corazón, mostrabais bastante generosidad, en esta reconozco las ideas de vuestra tía la señora marquesa, que otro tiempo os dijo que antes quería veros muerta que casada con un hombre inferior a vuestra clase. Preguntáis que si soy un malvado o un desgraciado: y contesto que ya que os alcanza la responsabilidad de lo segundo, a vos también os tocará sin duda la triste gloria de lo primero. Esta será la última que os escriba el que en algún tiempo no hubiera cambiado por todas las delicias del Paraíso el gozo de leer una letra de vuestra mano. Quizás por mucho tiempo no oigáis hablar de mí; quizás disfrutéis la inefable satisfacción de creer que he muerto; pero en la oscuridad y lejos de vos, yo me ocuparé de lo que me pertenece. ¿Quién es el culpable, vos o yo? Cuando supe en Madrid que habíais recogido a nuestra hija después de largo abandono, os prometí legitimarla por subsiguiente matrimonio, como correspondía a personas honradas. Primero me contestasteis indecisa y luego furiosa, rechazando una proposición que calificabais de absurda e irreverente, y llamándome jacobino, francmasón, calavera, perdido, tramposo, con otras injurias que quisiera oír en tan linda boca. Yo acepto el bofetón de vuestro orgullo. Lo que no me explico es la desfachatez con que negáis haber recogido a vuestra hija. ¿Y decís que esto no me importa? Ya veréis si me importa o no. Yo sé que la habéis recogido; yo sé que está en un convento; yo sé que su boda con el conde de Rumblar está concertada; yo sé que para llevarla a cabo se han tenido en cuenta poderosos intereses de ambas familias, que la hacen imprescindible; yo sé que para llevar a efecto la legitimación, se ha consumado una superchería poco digna de personas como...»

Una inmensa conmoción, un estrépito indescriptible me obligaron a apartar la atención de la carta. Los marinos llegaban a la boca de los cañones, y un combate terrible, en que parecíamos llevar lo mejor, se había trabado. Esto era sin duda sublime; esto sacaba de quicio y conmovía el alma en su fundamento; pero ¿no había algo más en el mundo? Inés, su madre, su padre, su porvenir, su casamiento, y yo con mi desmedido y leal amor: yo, preguntándome si podría subir hasta ella, o si era preciso hacerla descender hasta mí... ¡Oh!, esta sí que era batalla; esta sí que era lucha, señores. Su campo estaba dentro de mí, y sus fuerzas terribles chocaban dentro del espacio silencioso de mi pensamiento. ¿Cómo no atender a ella más que a otra alguna? El corazón, tirano indiscutible, agrandando inconmensurablemente las proporciones de mi batalla, la había hecho mayor que aquella de que tal vez dependían los destinos del mundo.

Yo vi los marinos próximos ya, muy próximos a nuestros cañones; sentí gritos de júbilo y de victoria pronunciados en española lengua, y aunque todo esto me conmovía mucho, la carta no concluida me quemaba la mano. Decid que yo era un estúpido egoísta; pero señores, ¿y la carta, y aquel *casamiento imprescindible*, y aquella *superchería* misteriosa?... ¿Se ganaba la batalla? Creo que sí, y la faz de Europa iba a variar sin duda. ¿Pero qué me importaba el desconcierto del Imperio, el júbilo de Inglaterra, el estupor de Rusia, los preparativos de la coalición, el descrédito del grande ejército?

¿Hemos de sobreponer el interés de los conjuntos lanzados a bárbaras guerras, al interés del inocente individuo que lucha a solas por el bien y por el amor? ¿Hemos de sobreponer el interés de la guerra, que destruye, al del amor que crea y aumenta y embellece lo creado? Reíos de mí; pero al mismo tiempo pensad en el modo de probarme que un corazón ocupa menos espacio en la totalidad del universo que los quinientos diez millones de kilómetros cuadrados de la pelota de tierra en que habitamos.

Si es egoísmo, confieso mi egoísmo, y declaro a la faz de mi auditorio que en el punto en que se eclipsaba la estrella que por diez años había iluminado la Europa, volví a fijar los ojos en la carta para continuar leyendo. Si no quieren ustedes enterarse de ello, no se enteren; pero es mi deber decir que la carta concluía así:

«...una superchería poco digna de personas como vos. Segura estáis y con razón de que nada puedo contra vos. En efecto, yo sé que si algo intentara sería vencido. Pobre, sin recursos, sin valimiento, ¿qué podría contra la justicia que solo defiende a los poderosos? Pero mi hija me pertenece, y si hoy no está en mi poder, os aseguro que lo estará mañana. Entretanto guardaos vuestro dinero.»

No decía más. Pero cuando acabé de leerla, ¡qué nueva y terrible fase tomaba la refriega entre los marinos y nuestros soldados! ¡Santo Dios! ¿La batalla se perdería? Los franceses, destrozados en el primer ataque, lo repetían sacando el último resto de bravura de sus corazones resecados por el calor, y volvían a la carga resueltos a dejarse hacer trizas en la boca de los cañones, o tomarlos. Nuestros soldados sacaban fuerzas de su espíritu, porque en el cuerpo ya no las tenían. Hasta los artilleros empezaban a desfallecer, y heridos casi todos los primeros de derecha e izquierda, atacaban los segundos, daban fuego los terceros, y el servicio de municiones era hecho por paisanos. Los franceses medio resucitados con la valentía de los marinos, pudieron habilitar dos piezas y desde lejos tomando por punto en blanco la masa de nuestra caballería, disparaban bastantes tiros. Su larga trayectoria, pasando por encima de la batería española, hería las primeras filas de mi regimiento. Este se encabritó como si fuera un solo caballo; chocamos unos con otros, y el espectáculo de dos compañeros muertos sin combatir nos llenó de terror. Al mismo tiempo oímos decir que escaseaban las municiones de cañón. ¡Terrible palabra! Si nuestros cañones llegaban a carecer de pólvora, si en sus almas de bronce se extinguía aquella indignación artificial, cuyo resoplido conmueve y trastorna el aire, estremece el suelo y arrasa cuanto encuentra por delante, bien pronto serían tomados por los valientes marinos, y les aguardaba el morir inutilizados por el denigrante clavo, fruslería que destruye un gigante, alfiler que mata a Aquiles.

Esta consideración ponía los pelos de punta. ¿Sucumbiría España? ¿No le reservaba Dios la gloria de dar el primer golpe en el pedestal del tirano de Europa?... No, no es posible asistir indiferente al espectáculo de tan supremo esfuerzo, oh patria; pero te confieso que yo rabiaba por conocer el autor de aquella tercera carta que tenía en mi mano, y cuando sin desatender a tu admirable heroísmo, miré la firma y vi el nombre de *Román*, segundo mayordomo de mi inolvidable ama; cuando consideré que aquel papel contendría revelaciones importantes, me dominó de tal modo la curiosidad, que por un instante desapareciste de mi espíritu, ¡oh sublime rincón de tierra, destinado más de una vez a ser equilibrio del mundo! Adiós España, adiós Napoleón, adiós guerra, adiós batalla de Bailén. Como borra la esponja del escolar el problema escrito con tiza en la pizarra, para entregarse al juego, así se borró todo en mí para no ver más que lo siguiente:

«Señor don Luis de Santorcaz: Voy a deciros puntualmente lo ocurrido. Todo está resuelto, y por ahora os dan con la puerta en los hocicos. La señora marquesa de Leiva, al recoger a la señorita Inés, pensó en el modo de legitimarla. Advierto a usted que desde que la trataron, ambas la quieren mucho, y se desviven por decidirla a que salga del convento. Cuando la señora condesa recibió la carta de usted en que le proponía la legitimación por subsiguiente matrimonio, mostrola a su tía, y ésta furiosa y fuera de sí preguntó si quería deshonrarse para siempre siendo esposa de semejante perdido. Lloró un poco la condesa, lo cual es indicio de que aún le queda algo de aquel amor; y por último, después de muchas reconvenciones, convinieron las dos en no admitirle a usted en su familia por ningún caso. Ya sabe usted que según consta en la fundación de este gran mayorazgo, uno de los principales de España, no habiendo herederos directos, pasa a los de segundo grado en línea recta, por lo cual ahora correspondería al primogénito del conde Rumblar. La actual condesa de Rumblar, enterada de la aparición de una heredera, anunció a mi ama que entablaría un pleito, y vea usted aquí el motivo de que en casa se haya trabajado tanto por la legitimación. Por fin, las dos familias acordaron evitar la ruina de un pleito y se han puesto de acuerdo sobre esta base: casar a la señorita Inés con don Diego de Rumblar, previa legitimación de aquella, por lo que llaman autorización del Rey, con lo cual, ambos derechos se funden en uno solo, evitando cuestiones. En cuanto al punto más difícil, la señora marquesa lo ha resuelto al fin de un modo ingenioso y seguro. La niña ha entrado al fin con pie derecho en la familia. No pudiendo legitimar la madre, porque a ello se oponen las leyes; no pudiendo aceptarse la fórmula del subsiguiente matrimonio, ni conviniendo tampoco la adopción, por no dar esto derecho a la herencia del mayorazgo, se acordó lo que voy a decir a usted, y que sin duda le llenará de admiración. Este sesgo del asunto tiene para la familia la ventaja de que mi señora la condesa no pasará ningún bochorno. La señorita Inés ha sido reconocida por aquel...»

Un violento golpe arrebató el papel de mis manos. Encabritose mi caballo, y al avanzar siguiendo el escuadrón, sentí la estrepitosa risa de un soldado que decía: «Aquí no se viene a leer cartas.» Corrimos fuera de la carretera, y todos mis compañeros proferían exclamaciones de frenética alegría. Vi los cañones inmóviles y delante una espesa cortina de humo, que al disiparse permitía distinguir los restos del batallón de marinos. En el frente francés flotaba una bandera blanca, avanzando hacia nuestro frente. La batalla había concluido.

Nuestros soldados se abrazaban con delirio. Confundíanse los diversos regimientos, y los paisanos advenedizos con la tropa. La gente del vecino pueblo de Bailén acudía con cántaros y botijos de agua. Agrupábanse hombres y mujeres junto a los heridos para recogerlos. Los caballos recorrían orgullosos la carretera, y los generales confundidos con la gente de tropa, demostraban su alegría con tanta llaneza como esta. Los gritos de ¡viva España!, ¡viva Fernando VII! parecían un concierto que llenaba el espacio como antes el ruido del cañón; y el mundo todo se estremecía con el júbilo de nuestra victoria y con el desastre de los franceses, primera vacilación del orgulloso Imperio. En tanto yo recorría el campamento, miraba al suelo, miraba las manos de todos, las cureñas de los cañones, los charcos de sangre, los mil rincones del suelo, junto al cuerpo de un herido y bajo la cabeza del caballo moribundo. Marijuán se llegó a mí con los brazos abiertos y gritó:

—Les vencimos, Gabriel. ¡Viva España y los españoles, y la Virgen del Pilar a quien se debe todo! Pero ¿qué buscas, que así miras al suelo?

—Busco un papel que se me ha perdido —le contesté.

XXVIII

—Déjate de papeles —me dijo Marijuán—. ¡Qué demonios de marinos! ¿Viste cómo atacaban?

—La hacen hija legítima por autorización real.

—¿Qué estás diciendo? Ya no queda duda que hemos vencido a Napoleón, y como este ha vencido a todo el mundo, resulta que nosotros hemos vencido al mundo entero. ¿Pero chico, no te vuelves loco? Mira cómo alzan los brazos gritando, aquellos generales que vienen por el llano. ¡Benditas penas, benditos golpes, bendito calor y bendita sed, puesto que al fin hemos salido vencedores! ¡Viva España!

—De esa manera —le dije yo, preocupado con mis guerras —entra a disfrutar el mayorazgo, casándose con don Diego, para evitar un litigio que arruinaría a las dos familias.

—¿Qué hablas ahí, muchacho? —exclamó con sorpresa— Ya sabes que los franceses se van a entregar todos. ¡Qué vergüenza! ¡Que vuelva Napoleón a meterse con los españoles! Chico; nos vamos a comer el mundo, y digo que la Junta de Sevilla es una remilgada si no nos manda conquistar a París. ¡Viva España!

—Y nuestro amo, ¿dónde está? —pregunté intranquilo—. ¿Qué ha sido del señorito de Rumblar?

—¡Creo que ha muerto! —me contestó lacónicamente Marijuán, picando espuelas y alejándose de mí.

Tan estupenda noticia dio nueva dirección a mis alborotados pensamientos. El aspecto de la refriega interior que me sacudía el alma cambió de improviso y por completo. Todo vino abajo, todo se puso de otro color, y el mundo fue distinto a mis ojos. Ignoro si en aquel momento sentí la muerte de mi amo, o si por el contrario, desbordado el corruptor egoísmo en mi alma, acepté con regocijo la desaparición de quien interponiéndose entre mi ideal y yo, alteraba a mis ojos el equilibrio del universo, más que Napoleón el de Europa... En medio del delirio de aquella gran victoria, una de las más trascendentales que han ocurrido en el mundo, yo permanecía mudo, y mi caballo me transportaba de un lado para otro según su albedrío. En mi derredor la efervescencia de aquella patriótica alegría, de aquel entusiasmo febril causaba estrepitoso oleaje. Allí la persona humana había desaparecido fundiéndose en el hermoso conjunto de la sociedad o la Nación, que era sin duda la que conmovía la tierra con sus gritos de gozo. El único que se conservaba aislado, y podía llamarse hombre, era el egoísta Gabriel, grano de arena no conglomerado con la montaña, y que rodaba solo haciendo por su propia cuenta las revoluciones establecidas por la armonía del mundo.

—Es preciso averiguar si realmente ha muerto Rumblar... ¿Entrará al fin Inés en la familia de su madre? ¿La perderé para siempre? ¿Debo reírme de mi necia y ridícula aspiración? ¿Un hombre como yo puede subir a tanta altura? ¿La misteriosa oscuridad de los tiempos venideros ocultará alguna cosa que destruya este nivel espantoso? ¿Puedo esperar, o resignarme desde ahora, bendiciendo la mano de la Providencia que me arroja en el polvo de donde nunca debí intentar salir?

Estas preguntas me hacía, cuando un acontecimiento no previsto vino a alterar repentinamente la situación de las cosas fuera de mí. El ejército corría a ocupar sus posiciones; la corneta y el tambor convocaban a todos los soldados, y gran número de gentes del pueblo, hombres y mujeres, corrían hacia las calles de Bailén. Nuestros destacamentos habían divisado las columnas avanzadas del general Vedel que venía de Guarromán en auxilio de Dupont, y ya a poca distancia, un cañonazo nos anunció la presencia de un nuevo enemigo. ¡Ay!, ¡si Vedel hubiese llegado un momento antes, poniéndonos entre dos fuegos! Pero Dios, protector en aquel día de la España oprimida y saqueada, permitió que Vedel llegase cuando estaba convenida ya la tregua, y se había principiado a negociar la capitulación.

Al instante mandó Reding un oficio al general francés dándole cuenta de lo ocurrido, y los enemigos se detuvieron más allá de una ermita que llaman de San Cristóbal, situada a mano izquierda del camino real, yendo de Bailén a Guarromán. Al poco rato vimos un oficial francés que llegó al pueblo con un oficio para Reding y otro para Dupont, y como en el cuartel general de este se estaban ya negociando las bases de la capitulación, nos consideramos seguros de ser atacados por la parte alta del camino, a causa de que la acordada suspensión de armas debía afectar a todas las fuerzas que componían el ejército imperial de Andalucía.

A pesar de esta confianza, varios regimientos, entre ellos el de Irlanda y el famosísimo de Órdenes Militares que tanto se había distinguido en la batalla, ocuparon el camino frente a las tropas de Vedel, las cuales iban llegando por momentos y tomaban posiciones. Mi regimiento fue colocado en la entrada oriental del pueblo. Sería poco más de la una cuando los franceses de Vedel, sin aguardar a que les contestara Dupont, rompieron el fuego contra Irlanda, sorprendiéndoles con fuerzas considerables. Gran efervescencia y algazara y tumulto en nuestras filas. Todos querían ir no a combatir con los franceses, sino a pasarlos a cuchillo, por violar las leyes de la guerra. Pero nosotros teníamos, para sojuzgar a los traidores, rehenes preciosos, cuales eran los restos del ejército de Dupont, que estaban en nuestro poder, como una víctima maniatada y con la cabeza sobre el tajo. Durante la confusión que siguió al ataque, algunas tropas acudieron a cercar el campo francés vencido, y otras corrieron en auxilio de los regimientos de Irlanda y Órdenes, puestos en gran compromiso.

A pesar de la inferioridad de número y de posición de nuestras tropas, todo anunciaba que se iba a trabar un combate tan encarnizado como el primero, y los valerosos paisanos lo mismo que los soldados de línea ardían en generoso anhelo de morir si era preciso por rematar con una tarde épica la gloriosa mañana.

Pero la Providencia, como he dicho, estaba de nuestra parte. Casi juntamente con los primeros tiros de la embestida de Vedel, sonaron cañonazos lejanos, que al principio no supimos a qué dirección referir.

—¿Qué es eso? ¿Hacen fuego por el Herrumblar o es la gente de Mengíbar? —preguntaban allí.

—Es la división de don Manuel de la Peña, que viene por la Casa del Rey —contestó uno que a todo escape venía del primer campo de batalla.

La tercera división, enviada al amanecer desde Andújar por Castaños en seguimiento de Dupont, había llegado, y se anunciaba al enemigo con disparos de pólvora seca. Aterrado con este nuevo refuerzo, que aniquilaría los restos del ejército, si Vedel no se sometía al armisticio, Dupont dio enérgicas órdenes para que cesara el fuego de la división recién venida de Guarromán, y el fuego cesó. Con esto, los nueve mil hombres de Vedel se sometieron de antemano al pacto que ajustaba su general en jefe.

Seguimos, sin embargo, sobre las armas, y las entradas de la villa continuaron custodiadas por numerosas fuerzas, que se relevaban para proporcionarnos algún descanso. Cuando me tocó dejar la guardia, dirigime a una de las muchas casas del pueblo en que curaban heridos, para que me pusieran algo en la mano izquierda, donde había recibido una contusión que aunque ligera, me escocía bastante. Regresaba luego a pie en busca de mi puesto, cuando, sintiendo una mano en mi hombro, miré y tuve el gusto de encontrarme cara a cara con don Paco, el maestro y ayo de don Diego.

—¿Qué ha sido del niño?, ¿dónde está? No ha venido por casa —me dijo con tono angustiado y poniéndose pálido.

—Señor don Paco —le contesté—, francamente, no sé dónde está el señor conde, aunque me parece que debe de estar vivo.

—¡Qué miedo, qué pavor! ¡La santa Virgen de Araceli, la de Fuensanta, la del Pilar y la del Tremedal todas juntas nos favorezcan! Las piernas me tiemblan, Gabriel, y si mi señor y discípulo no parece, yo no me atrevo a decírselo a la señora.

—Ya parecerá; yo le vi poco antes de concluir la batalla. Andará por cualquier lado —dije para calmar su inquietud.

—Es raro que estando sano y salvo no viniese a casa, o mandara un recado. ¿En dónde hay caballería?

—En San Cristóbal, en donde estaba la batería, en la noria, en los altos de la derecha, en los del Gaudiel, hacia el Herrumblar, en muchas partes. Ya andará el señor don Diego por ahí.

—Dios lo quiera. Voy, corro a buscarlo. ¿Dime tú... ya no harán fuego, eh? ¿Habrá peligro en andar por aquí? Si quisieras acompañarme. ¡Diantre con el niño, y si supiera él qué buenas noticias le traigo cómo se apresuraría a venir a mi encuentro!

—¿Qué noticias, señor don Francisco? ¿Se pueden saber? —pregunté disponiéndome a acompañar al ayo por el campo de batalla.

—¡Noticias estupendas y que le harán saltar de gozo! Esta mañana recibió la señora un propio de la marquesa de Leiva, anunciando que su Excelencia, con la condesa, con la señorita Inés y el señor marqués, salen de Córdoba para Madrid, a donde los llama un negocio de mucho interés para las dos familias.

—El camino no está para viajes, señor don Paco.

—Vienen por Mengíbar, y anuncian que de esta noche a mañana llegarán a casa, donde piensan detenerse algunos días, no solo para tomar descanso, sino para que ambas familias se conozcan y traten, pues son ramas que van a injertarse, formando un solo árbol frondoso que eche profundas raíces en el suelo de la Nación y dé sombra a numerosa e ilustre prole.

—Sí —dije—, ya sé que el señorito se casa...

—¡Ay! ¡Dónde estará ese Juan enreda de don Diego!... Sí, se casa. He visto el retrato de la señorita Inés, que es un portento de hermosura. Pues sí: la niña no quería salir del convento, aunque se lo predicaran frailes teatinos; pero yo no sé; algo pasó allá a principios del mes, o sin duda la joven al ver el retrato de don Diego, sintió la flecha del Dios ceguezuelo en su corazón. Lo cierto es que ha pedido salir del convento, con gran regocijo de sus parientes, y ahora marchan todos a Madrid para las diligencias de la legitimación, porque ya sabes tú que...

—Sí, había entendido que esa joven era hija de la señora condesa.

—¡Calla, deslenguado procaz! ¡Qué has dicho! La señora condesa, prima de mi señora, había de tener semejantes tapujos. No hay tal cosa, chiquillo desvergonzado. La señorita Inés es hija de una dama extranjera, que ya no existe y que floreció hace quince años en la corte, dando que hablar por sus amores con un célebre caballero de esta ilustre familia. ¿Sabes quién es el padre de doña Inés? Pues no es otro que ese espejo de los diplomáticos, ese discretísimo hermano de la señora marquesa de Leiva, el cual ha reconocido a la muchacha por hija suya, y ahora se apresura a legitimarla por autorización real para que entre en posesión del mayorazgo cuando Dios se sirva llamar a su seno a la señora marquesa de Leiva.

—¡Qué bien lo han compuesto todo! —exclamé sin poder contener la expresión de mi asombro.

—¿Cómo compuesto? Mi señora me ha participado esta mañana lo que acabo de decir. ¡Ah! Ese sin par diplomático, que tanta fama tiene en todas las cortes de Europa, ha dado una prueba de caballerosidad, poniendo su nombre a ese fruto de sus iracundas fogosidades juveniles, abandonado hasta hoy, y que en lo sucesivo descollará cual arbusto lozano en el pensil de la sociedad española... Pero ese don Diego... ¿En dónde está don Diego? Hablemos al general en jefe... preguntemos a esos soldados... Diga usted, héroe de este día, que se anotará en los fastos de la historia con piedra blanca, *albo notanda lapillo*; oiga usted, ¿ha visto usted por casualidad a don Diego?

Y así iba preguntando a todos, sin que nadie le diese razón.

XXIX

Vino la noche. Los franceses, muertos de fatiga y de hambre en su campamento, aguardaban con anhelo a que la capitulación estuviese firmada. Los que menos paciencia tenían eran los suizos afiliados en el ejército imperial, y así que oscureció empezaron a pasarse a nuestro campo. Un historiador francés, queriendo atenuar el desastre de los suyos, ha escrito que la defección ocurrió durante la batalla; pero esto es falso. Lo peor es que otro historiador, no francés sino español, lo ha repetido con lamentable ligereza, faltando así a su patria y a la verdad, que es superior a todo.

La capitulación iba despaciosamente, porque los parlamentarios se habían juntado en Andújar, residencia del general en jefe, y en Bailén no teníamos noticia de lo que allí pasaba. Temiendo que los enemigos intentaran escaparse, nuestros generales tomaron acertadas precauciones, y la artillería ocupó, mecha encendida, los puestos convenientes. Al mismo tiempo millares de paisanos, discurriendo por cerros y alturas, hostigaban de tal modo a los franceses en todas partes, que no les era posible moverse. Esta vigilancia permitía descansar a una parte del ejército; y especialmente los heridos, aunque solo lo fueran muy levemente como yo, teníamos libertad para estar en el pueblo, donde nos ocupábamos en reunir víveres y llevarlos a los del campamento, así como en acomodar a los heridos graves en las principales casas.

Salía yo de Bailén con un cesto de víveres para unos jefes de artillería cuando tropecé con Santorcaz, que volvía seguido de algunos voluntarios de Utrera y licenciados de Málaga.

—¡Oh, señor de Santorcaz! —exclamé con la mayor sorpresa—. ¿Está usted vivo? Yo le hacía en el otro barrio.

—No, muchacho, vivo estoy —me respondió—. Dios quiere que todavía el que está dentro de esta camisa dé mucho que hacer en el mundo.

—¿Pero tampoco está usted herido?

—Aquí tengo un par de rasguños; pero esto no es nada para un hombre como yo. Ya sabes que me han hecho sargento. No vine aquí para ganar charreteras; pero puesto que me las dan, las tomo.

—Grandes hazañas habrá hecho el señor don Luis.

—Poca cosa. Caí del caballo, y a pie defendime rabiosamente contra tres o cuatro franceses. Reventé a uno, descalabré a otro, y me volví a nuestro campo con un águila que entregué al marqués de Coupigny. Al recoger de mis manos la bandera, el general, después de preguntarme si era licenciado de presidio, me dijo: «Es usted sargento.» ¿Ves? Me han puesto al frente de este pelotón de buenos muchachos; ¿quieres venirte con nosotros?

Diciendo esto señaló a los esclarecidos varones que le seguían, los cuales, o yo me engaño mucho o eran la flor y nata de Ibros, Sierra de Cazorla y Despeñaperros, todos gente de ligerísimas piernas y manos. Dile las gracias por el ofrecimiento, y seguí mi camino.

—¡Ah! ¿Qué sabe usted de don Diego? —le pregunté volviendo atrás.

—Pues qué —dijo retrocediendo—, ¿no se sabe dónde está don Diego? ¿Ha muerto? ¿Se ha extraviado? Es preciso averiguarlo. Y di, ¿tú has visto por casualidad mi caballo? ¿Sabes si alguien lo recogió?

—No sé nada de tal caballo —repuse alejándome.

Ya avanzada la noche regresé a Bailén, donde me causó sorpresa ver una triste procesión compuesta de tres mujeres vestidas de negro, a las cuales seguían hasta media docena de hombres, llevando por delante dos criados con sendos farolillos para alumbrar el camino. Acerqueme y reconocí a doña María, con sus dos hijas, las tres cubiertas con negros mantones y muy afligidas y llorosas. Digo mal, porque si las dos muchachas se deshacían en lágrimas, la señora condesa conservaba seco el rostro, aunque visible-mente alterado, la mirada fija y valerosa y el andar muy firme. Al instante me presenté a ella, saludándola con el mayor respeto y ofreciéndola mi ayuda si, como parecía, iban en busca de don Diego.

—¿Conque no parece el niño? ¿Cuándo le perdiste de vista durante la batalla? —me preguntó.

—Señora, desde la gran carga que dimos sobre el ala izquierda de los franceses dejé de ver a don Diego.

—Yo creí que estuviera entre los heridos; pero no está. ¿Todos los muertos han sido recogidos del campo de batalla?

—Sí señora; solo quedan los desconocidos, los paisanos que no estaban afiliados a ningún regimiento.

—Vamos a ver —dijo con un aplome, con una firmeza que me asombraron, pues no suponía tanto valor en el alma de una mujer.

—Yo acompañaré a usía con mucho gusto.

—¿Y qué tal se ha portado mi hijo? —me preguntó cuando marchábamos juntos.

—Señora, se ha portado como un héroe; se ha portado como quien es.

—¿Los jefes advirtieron su valor? ¿Elogiaron su bizarría, recordando el linaje de mi hijo?

—Sí señora, los jefes estaban con la boca abierta presenciando las hazañas de don Diego —repuse por halagar el amor propio de la noble señora, cuyo dolor se atenuaría sabiendo que su vástago había honrado el nombre de Rumblar.

—¿Y amabais vosotros a mi hijo?

—¡Oh!, sí señora. Don Diego es tan bueno... y nos trata como si fuéramos todos iguales.

—¡Como si todos fuerais iguales! —exclamó doña María con ligeras muestras de enfado.

—No... vamos al decir... —indiqué corrigiendo mi *lapsus*—. Don Diego es un caballero y nosotros unos badulaques... quiero decir que nos trataba sin tiranía... ¡Pobre don Diego! Pero le hemos de encontrar, señora. Don Diego está sano y salvo. Me lo dice el corazón.

—Tú eres un buen muchacho. Ayúdanos a buscar a mi hijo y te recompensaré. Si parece, yo te prometo que serás su paje cuando se case.

—¡Ah, gracias señora!, muchas gracias —contesté con viveza.

—Eres modesto. ¿Crees que no mereces este honor? Aunque no lo merezcas yo te lo concedo.

Llegamos a un punto en que se distinguía un cuerpo tendido boca abajo sobre el suelo. Nos estremecimos todos, y Asunción y Presentación se abrazaron llorando a gritos. La curiosidad luchó un instante en nosotros con el temor, pues deseábamos acercarnos al cadáver por ver si era don Diego, y temíamos llegar a él por si acaso era. Doña María fue la primera que dio un paso y la seguimos todos. Aquel cadáver solitario de un hombre muerto por la patria, no había encontrado todavía ni un pariente, ni un amigo, ni un camarada que se cuidase de él. No era don Diego.

La condesa después de examinarlo alzó los ojos al cielo, cruzó las manos y rezó en voz alta el *Padre nuestro*, a cuya oración contestamos todos muy devotamente con *El pan nuestro...*

Seguimos andando, y en otro sitio encontramos algunos cadáveres, que la condesa con heroísmo sobrenatural examinaba cara a cara hasta convencerse de que su hijo no estaba allí. Si nos acontecía llegar en el momento de abrir a alguno la sepultura, todos echábamos un puñado de tierra en la fosa del patriota, que bien pronto desaparecía en la vasta superficie del campo, no quedando huella ni marca alguna en el suelo, como no queda noticia del heroísmo individual en la historia.

Nuestras pesquisas por todo el campamento no dieron resultado alguno. Las dos hermanitas no podían tenerse en pie, ni cesaban de rezar en castellano y en latín, recitando con fervorosa declamación cuantas oraciones sabían. Tales eran la confusión y anonadamiento de don Paco, que más de una vez se cayó al suelo. Solo doña María conservaba una entereza heroica y casi bárbara que hacía creer en la superioridad del temple moral de algunos linajes sobre el plebeyo vulgo. No en vano tenía aquella señora por su línea materna la sangre de Guzmán el Bueno.

Era muy tarde cuando volvimos a la casa. Mientras reinaba en ella la desolación, ni una lágrima brotó de los ojos de doña María.

—Si Dios ha querido disponer de la vida de mi hijo —exclamó sentándose en el clásico sillón de cuero—, concédame al menos el consuelo de saber que ha muerto con honor.

—Don Diego ha de parecer, señora —dije yo con movido—. Si hubiera muerto, ¿no habríamos encontrado su cuerpo?

Esta razón devolvió a don Paco su perdida fuerza dialéctica, y habló así:

—¿Pero no hubo también un pequeño combate por donde estaba Vedel? ¡Quién sabe si cogerían prisionero al niño!

—Los prisioneros fueron devueltos esta tarde por orden de Dupont —repuso doña María.

—¿Y si el niño estaba herido y lo metieron en el hospital francés?...

—Yo lo he de averiguar, señora —exclamé—. Mañana mismo pediremos un salvo-conducto para ir al campo enemigo. Me parece que allí le encontraremos.

—Ya sabes que te he prometido una gran recompensa. Si haces lo que dices, y encuentras a mi hijo y le traes —me dijo la de Rumblar—, la recompensa será aún mayor. Dios dispone de todo, y las glorias de la tierra a veces son trocadas en miseria, en tristeza, en nada por su mano poderosa. Si mi hijo no parece, ¿qué soy, qué me queda, qué resta a mi casa y a mi nombre? Dios habrá decidido que todo perezca y que las grandezas de ayer sean hoy ruinas, donde nos ocultemos para llorar. ¿La victoria se había de alcanzar sin desgracias? Napoleón es vencido en España, y ante la salvación de nuestro país, ¿qué significa una vida por noble que sea?, ¿qué una familia, por grande que sea su lustre?

La enérgica entereza de aquella mujer de acero me llenó de asombro. Después continuó así:

—Yo creí que este sería un día de júbilo en mi casa. Después de la victoria alcanzada, hubiéramos sido muy felices teniendo aquí a mi hijo, y recibiendo a la prometida esposa que con mis primas debe de llegar aquí esta noche... ¿No ha llegado? Cuide usted, don Paco, de que nada les falte. ¿Está todo preparado, las camas, la cena, las habitaciones? Niñas, ¿qué hacéis ahí mano sobre mano?

Asunción y Presentación lloraron con más fuerza al oírse nombrar por su madre. Pareciome que esta también comenzaba a sentir vacilante su varonil espíritu, y que apagándose la llama de sus ojos, se desmayaban sus enérgicos brazos, cayendo con desaliento sobre los del sillón. Pero sin duda no quería perder su dignidad de gran señora delante de nosotros, y mandándonos salir a todos, a sus hijas, a don Paco, a los criados y a mí, se quedó sola.

Un rato después sentí ruido de coches y mulas en la calle; luego una gran algazara en el patio, y al oír esto, diome un gran vuelco el corazón. Escondido tras uno de los pilares vi descender de los coches y subir pausadamente a las personas que eran esperadas, y al mirar al diplomático que cargaba en sus brazos a una mujer para bajarla del carruaje, reconocí a la monjita de Córdoba.

Yo temía ser visto de Amaranta; pero como esta y su tía habíanse adelantado y estaban ya arriba, me aventuré a seguir al diplomático, que subió detrás de todos con Inés, sosteniéndola por la cintura. Delante iban los criados con hachas, detrás yo solo. Inés se envolvía en un gran manto, chal o cabriolé que tenía larguísimos flecos en sus orillas. Subíamos lentamente, ellos delante, yo detrás, y aquellos menudos hilos de seda pendientes de la espalda y de la cintura de Inés flotaban delante de mis ojos. Como quien llega a la puerta del cielo y tira del cordón de la campanilla para que le abran, así cogí yo entre mis dedos uno de aquellos cordoncitos rojos y tiré suavemente. Inés volvió la cabeza y me vio.

XXX

Una vez arriba, el ayo informó a los viajeros de lo que ocurría, y pasando adentro las tres señoras, el diplomático se quedó con don Paco en el comedor.

—Aquí estamos consternados, señor don Felipe —dijo el ayo—. Y si mi amo no parece el mundo habrá perdido en el fragor de horripilante batalla a un joven que prometía ser gran filósofo, y que ya era gran calígrafo.

—¡Demonio de contrariedad! —dijo el diplomático, sacando su caja de tabaco y ofreciendo un polvo al ayo, después de tomarlo él—. Lo siento... a nuestra edad nos gusta tener quien nos suceda y herede nuestras glorias para desparramar su luz por los venideros siglos. Vea usted la razón por qué me apresuré a reconocer a mi querida hija... ¡Ah! señor don Francisco: yo he tenido una juventud muy borrascosa, como todo el mundo sabe, y hartas noticias tendrá usted de mis aventuras, pues no había en las cortes de Europa dama alguna, casada ni soltera, que no se me rindiese. Después de todo es una desgracia haber nacido con tal fuerza de atracción en la persona, señor don Francisco; tanto que todavía... pero dejemos esto. Ahora no me ocupo más que del bienestar de mi idolatrada niña. Y a fe que si es cierto que no existe don Diego, no por eso se quedará soltera; pues cartas tengo aquí del príncipe de Lichenstein, del archiduque Carlos Eugenio, del conde de Schöenbrunn y de otros esclarecidos jóvenes de sangre real pidiéndomela en matrimonio. Como yo tengo tantos amigos en las cortes de Europa, y en España mismo, pues... ya he sabido que las principales familias acogidas en Bayona o residentes en Madrid, se disputan la mano de mi hija. ¿La ha visto usted, señor don Francisco? ¿Ha observado usted en su cara los rasgos que indican la noble sangre mía y la de aquella hermosísima, cuanto desgraciada señora extranjera...? ¡Oh!, me enternezco, señor don Francisco... Pero hablemos de otra cosa, cuénteme usted cómo ha sido esa batalla. ¿Conque hemos ganado? ¿Y hay capitulación? De modo que he llegado a tiempo. ¡Oh! señor don Francisco, temo que hagan un desatino, si no les asisto con mis luces, porque los militares son tan legos en esto de tratados... Yo traigo un proyectillo, mediante el cual la Rusia ocupará Despeñaperros, España pasará a guarnecer las orillas del Don y de la Moscowa, y Prusia...

Cuando me marché, el diplomático continuaba calentando los cascos al buen don Paco, que le ofreció algunos manjares y vino de Montilla para reparar sus fuerzas. Al salir de la casa, vi en la puerta de la calle a varios hombres, no de muy buena facha por cierto, uno de los cuales llegose a mí, y tomándome por el brazo, me dijo:

—¿Conoces tú a esa gente que acaba de llegar?

—No, señor de Santorcaz —repuse—. No sé qué gente es esa, ni me importa saberlo.

Apartámonos todos de la casa, y por el camino me dijo otra vez don Luis que tendría mucho gusto en verme en las filas de su compañía.

Al día siguiente, que era el 20, nos ocupamos Marijuán y yo en buscar otra vez a nuestro amo. Unióseos don Paco, y el general español escribió un oficio a Dupont, rogándole que nos permitiera hacer indagaciones en el campamento francés, para ver si se encontraba allí a don Diego, herido o muerto. Visitamos el hospital enemigo, y entre los heridos no había ningún español, lo cual nos desconsoló sobremanera. Yo no era el que menos se acongojaba con esta contrariedad, aunque sabía el casamiento de Inés. ¿Qué significaba aquel generoso sentimiento mío? ¿Era pura bondad, era puro interés por la vida del semejante, aunque fuese enemigo, o era un senti-miento mixto de benevolencia y orgullo, en virtud del cual yo, convencido de que Inés no amaba sino a mí, quería proporcionarme el gozo de ver a don Diego despreciado por ella? Francamente, yo no lo sabía, ni lo sé aún.

Cuando recorrimos el campo francés, pudimos observar la terrible situa-ción de nuestros enemigos. Los carros de heridos ocupaban una extensión inmensa, y para sepultar sus tres mil muertos, habían abierto profundas zanjas donde los iban arrojando en montón, cubriéndoles luego con la mortaja común de la tierra. Algunos heridos de distinción estaban en las Ventas del Rey; pero la mayor parte, como he dicho, tenían su hospital a lo largo del camino, y allí los cirujanos no daban paz a la mano para vendar y amputar, salvando de la muerte a los que podían. Los soldados sanos sufrían los horrores del hambre, alimentándose muy mal con caldos de cebada y un pan de avena, que parecía tierra amasada.

Todos anhelaban que se firmase de una vez la capitulación para salir de tan lastimoso estado; pero la capitulación iba despacio, porque los generales españoles querían sacar el mejor partido posible de su triunfo. Según oí decir aquel día cuando regresamos a Bailén, ya estaba acordado que se conce-diese a los franceses el paso de la sierra para regresar a Madrid, cuando se interceptó un oficio en que el lugarteniente general del Reino mandaba a Dupont replegarse a la Mancha. Comprendieron entonces los españoles que conceder a los franceses lo mismo que querían, era muy desairado para nuestras armas, y acordaron considerarles como prisioneros de guerra, obligándoles a entregar las armas. Pero aún el día 21 los contratantes del lado francés, generales Chabert y Marescot, y los del lado español, Castaños y conde de Tilly, no habían llegado a ponerse de acuerdo sobre las particularidades de la rendición.

También alcanzamos a ver a lo largo del camino la interminable fila de carros donde los imperiales llevaban todo lo cogido en Córdoba. ¡Funestas riquezas! Dicen algunos historiadores que si los franceses no hubieran llevado botín tan numeroso, habrían podido salvarse retirándose por la sierra; pero que el afán de no dejar atrás aquellos quinientos carros llenos de riquezas les puso en el aprieto de rendirse, con la esperanza de salvar el convoy. Yo no creo que los franceses hubieran podido escaparse con carros ni sin carros, porque allí estábamos nosotros para impedírselo; pero sea lo que quiera, lo cierto es que Napoleón dijo algún tiempo después a Savary en Tolosa, hablando de aquel desastre tan funesto al Imperio:

«Más hubiera querido saber su muerte que su deshonra. No me explico tan indigna cobardía sino por el temor de comprometer lo que había robado»[3].

No nos atrevimos a volver a la casa con la mala noticia de que el niño no parecía, y seguimos visitando todos los contornos, para preguntar a la gente del campo. Don Paco estaba tan fatigado, que no pudiendo dar un paso más se arrojó al suelo; pero al fin pudimos reanimarle, y firmes en nuestra santa empresa, nos dirigimos al campamento de Vedel, con otro oficio del general Reding. Mas vino la noche y los centinelas no nos dejaron pasar, viéndonos por esto obligados a diferir nuestra expedición para el día siguiente muy temprano. Ni Marijuán, ni don Paco ni yo teníamos esperanza alguna, y considerábamos al mayorazgo perdido para siempre.

Desde que amaneció corrían voces de que la capitulación estaba firmada, y más nos lo hacía creer la circunstancia de que varios oficiales pasaron frecuentemente de un campo a otro, trayendo y llevando despachos.

---

3   Je ne m'explique cette indigne lâcheté que par la crainte de compromettre ce que l'on avait volé. Mem. Duc. de Rovigo, vol. IV. (N. del A.)

No distábamos mucho de la ermita de San Cristóbal, cuando advertimos gran movimiento en el ejército de Vedel. Apretando el paso hasta que les tuvimos muy cerca, observamos que camino abajo venía hacia nosotros un joven saltando y jugando, con aquella volubilidad y ligereza propia de los chicos al salir de la escuela. Corría a ratos velozmente, luego se detenía y acercándose a los matorrales sacaba su sable y la emprendía a cintarazos con un chaparro o con una pita; luego parecía bailar, moviendo brazos y piernas al compás de su propio canto, y también echaba al aire su sombrero portugués para recogerlo en la punta del sable.

—¡Qué veo! —exclamó don Paco con súbita exaltación—. ¿No es aquel mozalbete el propio don Diego, no es mi niño querido, la joya de la casa, la antorcha de los Rumblares...? Eh... Don Dieguito, aquí estamos... venid acá.

En efecto, cuando estuvimos cerca, no nos quedó duda de que el mozuelo bailarín era don Diego en persona. Él nos vio y al punto vino corriendo para abrazarnos a todos con mucha alegría.

—Venid acá, venid a mis brazos, esperanza del mundo —exclamó don Paco, loco de contento—. ¡Si supiera usted cómo está mamá! ¡Buen susto nos ha dado el picaroncillo!... ¿Pero qué ha sido eso, niño? ¿Estaba usía prisionero?

—Me cogieron prisionero junto a la ermita —dijo don Diego—. ¿Pero estás vivo, Gabriel, y tú también, Marijuán? Yo creí que os habían matado en aquella furiosa carga. ¿Y Santorcaz?... Pero os contaré lo que me pasó. Después de la carga, y cuando entró la caballería de España, quedé a retaguardia del regimiento; se me murió el caballo y corrí a las filas del regimiento de Irlanda. Cuando vinimos aquí nos cogieron prisioneros los franceses, y yo les dije tantas picardías que quisieron fusilarme.

—¡Qué horror! —exclamó don Paco—. Pero veo que es usted un héroe, oh mi niño querido. Creo que la mamá piensa dirigir una exposición a la Junta para que le den a usted la faja de capitán general.

—Me iban a fusilar —continuó el rapaz—, cuando un oficial francés tuvo lástima de mí y me salvó la vida. Después lleváronme a sus tiendas donde me dieron vino, y...

—Vamos, vamos pronto a casa, y allí contará usted todo —dijo don Paco—. ¡Qué alegría! Volemos, señores. ¡Cuando la señora condesa sepa que le hemos encontrado!... ¡Ah! ¿No sabe usted que está ahí su novia?... ¡Qué guapísima es!... La pobre no cesa de llorar la ausencia del niño, y si no hubiese usted parecido, creo que la tendríamos que amortajar. Vamos, vamos al punto.

Corrimos todos a Bailén muy contentos. Al llegar al pueblo, uno de nosotros propuso anticiparse para anunciar a doña María la fausta nueva; pero no permitió don Paco que nadie sino él en persona se encargase de tan dulce comisión, y con sus piernas vacilantes corrió hasta entrar en la casa diciendo con desaforados gritos: —¡Ya pareció, ya pareció!

Cuando nosotros llegamos con el joven, todos salieron a recibirle, excepto Amaranta, a quien un fuerte dolor de cabeza retenía en su cuarto. Era de ver cómo los criados, las hermanitas y la misma doña María, sin poder contener en los límites de la dignidad su maternal cariño, le abrazaban y besaban a porfía; y uno le coge, otro le deja, durante un buen rato le estrujaron sin compasión. Al fin reuniéndose todos, inclusos los huéspedes en la sala baja, don Diego fue solemnemente presentado a su novia. No puedo olvidar aquella escena que presencié desde la puerta con otros criados, y voy a referirla.

XXXI

Inés, confusa y ruborosa, no contestó nada, cuando el diplomático se fue derecho a ella llevando de la mano a don Diego, y le dijo:

—Hija mía, aquí tienes al que te destinamos por esposo: mi sobrino, varón ilustre, a quien veremos general dentro de poco como siga la guerra.

—Hijo mío —añadió doña María—, las altas prendas de la que va a ser irremisiblemente tu mujer no necesitan ser ponderadas en esta ocasión, porque harto las conocemos todos. Ahora, con el trato, se avivará el inmenso cariño que os profesáis desde hace algunos años, señal evidente de que Dios tenía decidida ya vuestra unión en sus altos designios.

—Bonito es el retrato —dijo don Diego con un desenfado impropio de la situación—; pero usted, Inés, lo es más todavía. ¿Y en qué consistía el no querer salir del maldito convento? Sin duda las pícaras monjas la retenían a usted por fuerza, esperando que al profesar les llevara un buen dote. Pero no, yo juro que estaba decidido a sacar de allí a mi monjita, y ya discurría el modo de saltar por las tapias de la huerta y romper rejas y celosías para conseguir mi objeto.

Doña María, al escuchar esto, palideció, y luego las centellas de la ira brillaron en sus ojos. Pero con disimulo habló de otro asunto, procurando que el noble concurso y discreto senado olvidara las palabras del incipiente chico.

—Pero cuéntanos de una vez lo que te ha pasado en el campamento francés —dijo a don Diego.

—Pues me querían fusilar —repuso el mayorazgo sentándose—. Ya me tenían puesto de rodillas, cuando un oficial mandó suspender la ejecución.

—¿Y por qué te querían asesinar esos cafres?

—Porque les dije mil perrerías. Después, cuando me llevaron a la tienda, todos se reían de mí. Luego me dieron vino, obligándome a beberlo, y yo mientras más bebía más charlaba, diciendo atroces disparates y frases graciosas, hasta que me quedé como un cuerpo muerto.

—¿Y no sabes tú —exclamó doña María sin poder disimular su indignación—, que las personas de buena crianza no beben sino poquito?

—Es verdad; pero aquel vino tenía un saborcillo que me gustaba, y los franceses se reían mucho conmigo. Todos iban a verme, llamándome *le petit espagnol*.

—Lo cual, en la lengua de las Galias, quiere decir *el pequeño español* —dijo don Paco.

—Pero no debió usted dejarse emborrachar, joven —indicó el diplomático—. Juro que si eso hubiera pasado conmigo, de un sablazo descalabro a todos los oficiales de la división de Vedel.

Doña María, profundamente indignada, silenciosa, ceñuda, parecía una sibila de Miguel Ángel.

—Pero si todos aquellos señores me querían mucho... —continuó don Diego—. Por la tarde, y luego que desperté de aquel largo sueño, me dijeron que si sabía yo lidiar un toro. Díjeles que sí, y poniéndose muy contentos, me mandaron que diese al punto una corrida. No quería yo más para divertirme; así es que, poniendo una silla en lugar de toro, le capeé, le puse banderillas y le di muerte con mi sable, pasándole de parte a parte. ¡Cuánto se rieron aquellos condenados! Hasta el general acudió a verme.

—Veo que has aprovechado el tiempo en el campamento francés —dijo la señora madre con tremenda ironía.

—Si no me querían dejar venir. Después me dijeron que les cantara el jaleo, y lo canté de pie sobre una banqueta. ¡Ave-María purísima! Hasta los soldados se acercaban a la tienda para oír. Entre los oficiales había dos que no me dejaban de la mano, y me decían que si me pasaba al ejército francés, me tomarían por ayudante, llevándome a Francia, a París, y de París a recorrer toda la Europa.

—¡Y no les distes una bofetada! —exclamó doña María clavando sus dedos en el cuero del sillón.

—¡Quia! Me eché a reír y les dije que ya pensaba ir a Francia con el señor de Santorcaz, que es mi amigo y ha de ser mi ayo y maestro cuando me case.

Esta vez no fue doña María la que se estremeció de sorpresa e indignación; fue la marquesa de Leiva, quien mudando el color y con absortos ojos miró sucesivamente a su prima, a su sobrino y al ayo.

—Pero ¿qué está diciendo el niño? —preguntó este mirando a la condesa—. ¿Quién dice que es su maestro y su amigo?

—Cualquiera menos usted —contestó insolentemente el heredero—. ¡Vaya un maestro, que no sabe enseñar sino mentecatadas y simplezas!

—¡Jesús! Diego, repara que estás... —dijo doña María conteniendo con grandes esfuerzos los gestos amenazadores, natural expresión de su ira.

Don Paco se llevó el pañuelo a los ojos para enjugar una lágrima. Inés atendía a todo discretamente y sin hablar. ¡Ah! Mientras allí la juzgaban indiferente al peligroso diálogo, ¡qué admirables observaciones, qué exactos juicios haría en aquellos momentos ante semejante escena! Su talento y alto criterio dominarían sobre las pasiones, los errores y las querellas de la histórica familia como el Sol inmutable sobre la volteadora tierra.

Asunción y Presentación, que aguardaban coyuntura para dar expansión al comprimido gozo de sus almas, hubieran querido reír como su hermano, pero la seriedad de su madre las tenía mudas de terror.

—Esta predisposición de usted —dijo el marqués—, a visitar las cortes europeas me indica que se siente el niño con inclinaciones a la diplomacia. Hija mía —añadió dirigiéndose a Inés—, cada vez descubro más eminentes cualidades en el que te destinamos por esposo, y veo justificado el amor que desde hace tiempo en silencio le profesas, y que, en tu castidad y delicadeza, procuras disimular hasta el último instante.

—¡Ah!, se me olvidaba decir —exclamó don Diego riendo a carcajadas—, que los franceses me han enseñado a decir algunas palabras en su lengua.

Y levantándose al punto, hizo profundas reverencias ante Inés, diciéndole:

—*Ponchú, madama. ¿Como la porta bú?*

Asunción y Presentación después de mirarse una a otra creyeron que había llegado el momento de reír, y rieron dando desahogo a sus oprimidos corazones; pero como doña María no desplegó sus labios, las dos muchachitas tuvieron que ponerse serias otra vez.

—¡Oh! *¡Tres bien!* —dijo el diplomático—. Señor don Francisco, su alumno de usted demuestra las luces y copiosa doctrina del eruditísimo maestro.

Hizo don Paco una graciosa reverencia, y su rostro compungido y lloroso se esclareció con una sonrisa.

Doña María callaba; pero en su pecho rugía iracunda y atormentadora la tempestad. Ella y su prima la de Leiva se miraban de vez en cuando, transmitiéndose una a otra el fuego de sus coléricos sentimientos.

—Otras muchas palabras sé —continuó el rapaz—; como *Crenom de Dieu, Sacrebleu*, exclamaciones que se dicen cuando uno está rabioso, en vez de ¡Caracoles! ¡Canastos!

Doña María se levantó de su asiento... y se volvió a sentar.

—¡Cómo me querían aquellos demonios de franceses! Uno de ellos sabía español y hablaba a ratos conmigo. Me dijo que los españoles eran muy valientes y muy honrados; pero que hacían mal en defender a Fernando VII, porque este príncipe es un farsantuelo que engañó a su padre y ahora está engañando a la Nación y al Emperador.

Doña María se llevó la mano a los ojos.

—Yo le aseguré que los españoles les echaríamos de España, y él me contestó que parecía probable, porque la guerra iba tomando mal aspecto; pero que esto sería un mal para nosotros, porque de venir otra vez Fernando VII, España seguiría con su mal Gobierno, y con las muchas cosas perversas, injustas y anticuadas que hay aquí.

—¡Oh! ¿Y no se le ocurrió a usted la contestación a tan atrevido y antipatriótico aserto? —preguntó con énfasis el diplomático.

—Yo le dije que aquí íbamos ahora a arreglar todas esas cosas, y a quitar la santa Inquisición, y los diezmos, y los mayorazgos, como me decía el señor de Santorcaz.

Doña María aferró sus manos a los brazos de la silla como si quisiera estrujar la madera entre sus dedos.

—Sobre todo los mayorazgos —prosiguió Rumblar—. También le dije al francés que yo soy mayorazgo y que después de casado tendré dos vinculaciones. ¡Cómo se reía cuando le dije que era Grande de España! Todos acudían a verme y me volvieron a dar de beber, y me caí otra vez al suelo cantando que me las pelaba.

¡Ay! Doña María se llevó las manos a la cabeza, doña María cerró los ojos, doña María golpeó el suelo con su pie derecho, doña María semejaba la imponente imagen de la tradición aplastando la hidra revolucionaria.

—Esta mañana me preguntaron si yo tenía hermanas guapas. Díjeles que eran muy bonitas, y luego me dijeron que vendrían a verlas, y que si se las quería dar para casarse con ellas, puesto que también serían mayorazgas. Yo les contesté que mayorazgo era el que había nacido primero.

Y luego dirigiéndose a sus hermanitas, les dijo:

—Os fastidiasteis, chicas, por haber nacido hembras y después que yo. Una de ustedes se casará con cualquier pelele, y la otra se meterá en un conventito a rezar por nosotros los pecadores, a no ser que algún día vea un galán por la reja, y se enamore, y luego se tire por la ventana a la calle.

Doña María no podía resistir más. Iba a estallar su furibunda cólera; pero aún era mayor el caudal de su prudencia que el caudal de su enojo... se contuvo y cerró otra vez los ojos ya que no podía cerrar los oídos.

—Después —siguió el mancebo—, me dijeron si mis hermanas usaban navaja, si tocaban la guitarra, si iban a los toros y si yo era familiar de la Inquisición. ¡Cómo se reían aquellos condenados! Lo gracioso es que no me dejaban salir de allí, y a cada rato me decían *so, so, so*.

—*Un sot* —dijo el diplomático—. Pues sospecho que os llamaron tonto. ¡Oh iniquidad de la Nación francesa! ¡Vea usted, señor don Paco, lo que es un pueblo carcomido por el jacobinismo!... ¿Y no les dio usted un par de sablazos?

—Si me querían mucho. Anoche me tuvieron toda la noche bailando el bolero y la cachucha, en medio de un corrillo donde había más de cuarenta oficiales.

Asunción y Presentación seguían esperando con ansia la ocasión de reír; pero esta ocasión no llegaba, y consultando el rostro de su madre, véanle cada vez más borrascoso. Así es que las dos estaban muertas de miedo.

Don Paco, conociendo que se preparaba un cataclismo, quiso conjurarlo y dijo a su discípulo:

—Vamos, basta de franceses, don Diego. Hable usted de otra cosa. Si no fuera demasiado largo, os mandaría que recitarais aquel capítulo sobre la batalla del Gránico que os hice aprender de memoria; mas para que tan escogido concurso, y especialmente este fresco azahar de Andalucía, vuestra prometida; para que todos, en una palabra, puedan apreciar la buena pronunciación de usted y su cadencioso oído, échenos cualquiera de esos romances que sabe... vamos. Atención, señores.

—El del *Barandal del cielo* —dijo Asunción respirando con alegría.
—El de los *Santos pechos* —dijo Presentación.
—Vamos, no se haga usted de rogar.
—Pues voy a echarles una canción que me enseñaron los franceses.
—No, nada de franceses.
—Si es muy bonita, aunque a decir verdad, yo no la entiendo.

Y sin esperar más, púsose en pie don Diego, y accionando como un cómico, con voz fuerte y exaltado acento, cantó así:

¡Allons enfants de la patrie
le jour de gloire est arrivé!
Contre nous de la tyrannie
l'etendart sanglant est levé!

Asunción y Presentación reían como locas, y doña María no dijo nada. Ninguno de la familia había entendido una palabra.

—Es bonita la canción —dijo don Paco—, pero no la comprendemos.

Entonces el diplomático levantose ceremoniosa y gravemente, y tomando un tono de hombre severo habló así:

—¿Sabe usted lo que está cantando? Pues está cantando la Marsellesa, esa canción impía y sanguinaria, señores, esa canción que acompañó al suplicio a todos los mártires de la revolución, incluso Luis XVI, mi querido amigo... porque han de saber ustedes que Luis XVI y yo teníamos muchas bromas y nos echábamos el brazo por el hombro paseándonos por Versalles... ¡La Marsellesa, señores, la Marsellesa! También acompañó al cadalso a María Antonieta... ¡y qué buena era aquella señora! ¡Cuántas veces la vi marcando pañuelos en una ventana baja del pequeño Trianon! ¡Cómo me quería!... En fin, este joven me ha horripilado con la tal tonadilla... Señora condesa, ¿está usted indispuesta? ¿Y tú, hermana? El caso no es para menos. Hija mía, ¿estás nerviosa? ¿Te has puesto mala? ¿Te causa miedo esa canción?

Inés le contestó que no tenía ni pizca de miedo. En tanto doña María, no pudiendo resistir más salió del cuarto con sus niñas. Desconcertose al punto aquella ilustre reunión, y luego no quedó en la sala más que la familia de Inés con don Diego. Al poco rato tuvo lugar una escena lamentable, y fue que doña María, ciega de furor, y necesitando desahogar aquella tormenta de su espíritu sobre alguien, descargó su enojo al fin; ¿pero sobre quién, santo Dios?, ¿sobre quién?, dirán ustedes.. Sobre las dos inocentes muchachas, sobre los dos angelitos celestiales, Asunción y Presentación. ¿Y todo por qué? Porque entusiasmadillas con la llegada de su hermano, habían dejado de hacer no sé qué cosa encomendada a sus tiernas manos. ¡Pobres pimpollitos! La dignidad impedía a mi señora la condesa castigar al primogénito delante de la novia y del suegro, y era forzoso que pagaran el pato las dos niñas desheredadas. Yo las vi llorando como unas Magdalenas y soplándose las palmas de las manos, escaldadas por aquel fatídico instrumento de cinco agujeros que pendía de fatal espetera en el despacho de don Paco. Las pobrecillas estuvieron a moco y baba todo el día.

XXXII

Este libro va a concluir, queridísimos lectores, a quienes adoro y reverencio; va a concluir, y los notables y jamás vistos sucesos que me acontecieron en virtud del proyectado matrimonio de Inés y del encuentro de aquellas dos familias en el tortuoso y difícil camino de mis amores, serán escritos, por no caber en este volumen, en otro que pondré a vuestra disposición lo más pronto posible. Tened, pues, un adarme de paciencia, y mientras aquellas distinguidas personas se preparan para ponerse en camino hacia Madrid, a donde con vuestra venia pienso acompañarlas, atended un poco más.

El mismo día 22 encontré a Santorcaz puesto ya al frente de su partidilla, la cual, como he dicho, estaba formada de lo mejorcito del país. Les digo a ustedes que tropa más escogida que aquella no la capitanearon los famosos *caballistas* José María y Diego Corrientes.

—¿Va usted ya de marcha? —le dije.

—Sí; dispusieron que fuera alguna fuerza de paisanos a guardar el paso de Despeñaperros, y yo solicité esta comisión que me agrada mucho. Allá voy con mi gente. ¿Quieres venir? ¿Has estado en casa de Rumblar?

—De allá vengo.

—¿Y esa familia que está ahí es la de la novia de don Diego?

—Justamente.

—Creo que van todos para Madrid.

—Así parece.

—¿No sabes cuándo?

—Según he oído, pasado mañana. Esperan saber lo de la capitulación para llevar la noticia.

—¿Conque pasado mañana? Bien... adiós. ¿Quieres venir en mi partida?

—Gracias; adiós.

Les vi partir, y todo el día y toda la noche estuve pensando en aquella gente.

Yo no vi el triste desfile de los ocho mil soldados de Dupont cuando entregaron sus armas ante el general Castaños, porque esto tuvo lugar en Andújar. A pesar de que la primera y segunda división habían sido las vencedoras de los franceses, la honra de presenciar la rendición fue otorgada a la tercera y a la de reserva, por una de esas injusticias tan comunes en nuestra tierra, lo mismo en estos días de vergüenza que en aquellos de gloria. Por delante de nosotros desfilaron las tropas de Vedel, en número de nueve mil trescientos hombres, y dejando sus armas en pabellón, nos entregaron muchas águilas y cuarenta cañones.

Les mirábamos y nos parecía imposible que aquellos fueran los vencedores de todo el mundo. Después de haber borrado la geografía del continente para hacer otra nueva, clavando sus banderas donde mejor les pareció, desbaratando imperios, y haciendo con tronos y reyes un juego de titiriteros, tropezaban en una piedra del camino de aquella remota Andalucía, tierra casi olvidada del mundo desde la expulsión del islamismo. Su caída hizo estremecer de gozosa esperanza a todas las Naciones oprimidas. Ninguna victoria francesa resonó en Europa tanto como aquella derrota, que fue sin disputa el primer traspiés del Imperio. Desde entonces caminó mucho, pero siempre cojeando.

España, armándose toda y rechazando la invasión con la espada y la tea, con la navaja, con las uñas y con los dientes, iba a probar, como dijo un francés, que los ejércitos sucumben, pero que las Naciones son invencibles.

—¡Cuánto siento que no esté aquí el señor de Santorcaz! —me dijo Marijuán al ver pasar por delante de nosotros a aquellos hermosos soldados, medio muertos de fatiga y de vergüenza—. ¿Te acuerdas de las grandes bolas que nos contaba cuando veníamos por la Mancha y nos refería las batallas ganadas por estos contra todo el mundo?

—Lo que nos contaba Santorcaz —respondí—, era pura verdad; pero esto que ahora vemos, amigo Marijuán, también es verdad.

Y ahora consideren ustedes lo que pasaba del otro lado de Sierra-Morena en aquel mismo mes de julio. El día 7 había jurado José en Bayona la Constitución hecha por unos españoles vendidos al extranjero. El día 9 el mismo José traspasaba la frontera para venir a gobernarnos. El día 15 ganaba Bessières en los campos de Rioseco una sangrienta batalla, y al tener de ella noticia Napoleón, decía lleno de gozo: «La batalla de Rioseco pone a mi hermano en el trono de España, como la de Villaviciosa puso a Felipe V.» Napoleón partió para París el 21, creyendo que lo de España no ofrecía cuidado alguno. El 20, un día después de nuestra batalla, entró José en Madrid, y aunque la recepción glacial que se le hizo le causara suma afficción, aún le parecía que el buen momio de la corona duraría bastante tiempo.

Pero hacia los días 25, 26 y 27 se esparce por la capital un rumor misterioso que conmueve de alegría a los españoles y llena de terror a los franceses; corre la voz de que los paisanos andaluces y algunas tropas de línea han derrotado a Dupont, obligándole a capitular. Este rumor crece y se extiende; pero nadie lo quiere creer, los españoles por parecerles demasiado lisonjero, y los franceses por considerarlo demasiado terrible. El absurdo se propaga y parece confirmarse; pero la corte de José se ríe y no da crédito a aquel cuento de viejas. Cuando no queda duda de que semejante imposible es un hecho real, la corte que aún no había instalado sus bártulos, huye despavorida; las tropas de Moncey, que rechazadas de Valencia se habían replegado a la Mancha, se unen a las de Madrid, y todos juntos, soldados, generales y Rey intruso, corren precipitadamente hacia el Norte, asolando el país por donde pasan. Aquel fantasma de reino napoleónico se disipaba como el humo de un cañonazo.

Y ahora os he de hablar de cómo la guerra que parecía próxima a concluir, se trabó de nuevo con más fuerzas; os he de hablar de aquel infeliz y bondadoso rey José y de su corte, y de su hermano, y del paso de Somosierra con la famosa carga de los lanceros polacos, y del sitio de Madrid, y de otras muchas curiosísimas cosas; pero todo se ha de quedar para el libro siguiente, donde estos históricos sucesos han de tener feliz consorcio con los no menos dramáticos de mi vida, y todo lo mucho y bueno que ocurrió en el matrimonio de Inés.

Por ahora guardaré prudente silencio sobre estos sucesos, pues decidido estoy a seguir al pie de la letra la reservadísima escuela del diplomático; y así os digo:

«No, no me obliguéis a hablar, no me obliguéis, abusando de la dulce amistad, a que revele estos secretos de que tal vez depende la suerte del mundo. No me seduzcáis con ruegos y cariñosas sugestiones que en vano atacan el inexpugnable alcázar de mi discreción.»

A pesar de esto, ¿insistís, importunos amigos? Nada más os digo por ahora, sino que la familia de Inés salió para Madrid hacia fin de mes y en los días en que el ejército vencedor marchaba también hacia la capital de

España. Esta circunstancia me permitió ir en la escolta que por el camino debía custodiar a tan esclarecida comitiva; así es que formé con los diez de a caballo que galopaban a la zaga de los dos coches. ¡Ay! Por la portezuela de uno de ellos solía asomarse durante las paradas una linda cabeza, cuyos ojos se recreaban en la marcial apostura del pequeño escuadrón.

—Estos valerosos muchachos, hija mía —le decía su padre—, son los que en los campos de Bailén echaron por tierra con belicosa furia al coloso de Europa. Veo que les miras mucho, lo cual me prueba tu entusiasmo por las glorias patrias.

Basta con esto, señores, y no digo más. En vano me hacen ustedes señas, excitándome a hablar; en vano fingen conocer mentirosos hechos, para que yo les cuente los verídicos. ¿A qué conduce el anticipar la relación de lo que no es de este lugar? A los impacientes les diré que nada ocurrió hasta que llegamos al desfiladero de Despeñaperros. Lo pasábamos en una noche muy oscura, cuando de pronto detuviéronse los coches, oímos gritos, sonó un tiro, y algunos hombres de muy mal aspecto, saltando desde los cercanos matorrales, se arrojaron al camino. Al instante corrimos sable en mano hacia ellos... pero basta ya, y déjenme dormir, pues ni con tenazas me han de sacar una palabra más.

FIN

Octubre-noviembre de 1873.

Libros a la carta

A la carta es un servicio especializado para

empresas,

librerías,

bibliotecas,

editoriales

y centros de enseñanza;

y permite confeccionar libros que, por su formato y concepción, sirven a los propósitos más específicos de estas instituciones.

Las empresas nos encargan ediciones personalizadas para marketing editorial o para regalos institucionales. Y los interesados solicitan, a título personal, ediciones antiguas, o no disponibles en el mercado; y las acompañan con notas y comentarios críticos.

Las ediciones tienen como apoyo un libro de estilo con todo tipo de referencias sobre los criterios de tratamiento tipográfico aplicados a nuestros libros que puede ser consultado en Linkgua-ediciones.com.

Linkgua edita por encargo diferentes versiones de una misma obra con distintos tratamientos ortotipográficos (actualizaciones de carácter divulgativo de un clásico, o versiones estrictamente fieles a la edición original de referencia).

Este servicio de ediciones a la carta le permitirá, si usted se dedica a la enseñanza, tener una forma de hacer pública su interpretación de un texto y, sobre una versión digitalizada «base», usted podrá introducir interpretaciones del texto fuente. Es un tópico que los profesores denuncien en clase los desmanes de una edición, o vayan comentando errores de interpretación de un texto y esta es una solución útil a esa necesidad del mundo académico.

Asimismo publicamos de manera sistemática, en un mismo catálogo, tesis doctorales y actas de congresos académicos, que son distribuidas a través de nuestra Web.

El servicio de «libros a la carta» funciona de dos formas.

1. Tenemos un fondo de libros digitalizados que usted puede personalizar en tiradas de al menos cinco ejemplares. Estas personalizaciones pueden ser de todo tipo: añadir notas de clase para uso de un grupo de estudiantes,

introducir logos corporativos para uso con fines de marketing empresarial, etc. etc.

2. Buscamos libros descatalogados de otras editoriales y los reeditamos en tiradas cortas a petición de un cliente.